大美中国

——

追逐 一条 溪 流

张恒 ◎ 著

大美中国

三环出版社
SANHUAN PUBLISHING HOUSE

图书在版编目（CIP）数据

追逐一条溪流 / 张恒著 . —— 海口：三环出版社（海南）有限公司，2024. 9. ——（大美中国）. —— ISBN 978-7-80773-318-8

Ⅰ . I267

中国国家版本馆 CIP 数据核字第 2024JZ5585 号

大美中国　追逐一条溪流

DAMEI ZHONGGUO　ZHUIZHU YI TIAO XILIU

著　　者	张　恒
责任编辑	劳如兰
责任校对	郑俊云
装帧设计	吕宜昌
出版发行	三环出版社（海口市金盘开发区建设三横路 2 号）
	邮　编 570216　邮　箱 sanhuanbook@163.com
社　　长	王景霞　总编辑　张秋林
印刷装订	三河市同力彩印有限公司
书　　号	ISBN 978-7-80773-318-8
印　　张	13
字　　数	150 千字
版　　次	2024 年 9 月第 1 版
印　　次	2024 年 9 月第 1 次印刷
开　　本	690 mm × 960 mm　1/16
定　　价	68.00 元

追逐一条
溪流 **目 录**
Contents

流连的钟声

去苏州，多半缘于那首诗。

月落，乌朦胧。岩上隐隐约约的枫树，江中闪闪烁烁的渔火，阴冷的夜色中几抹残缺的霜华，几声无助的啼叫。寒绪愁煞，游子难眠，寒山寺里孤独的钟声，悠然飘至寂寥的客船。

这是诗的意境。冰冷的色调，诠释着一种尘封的惆怅，似乎让每一个去苏州、去寒山寺的人，都带着一种情绪。

这情绪，越过粉墙黛瓦的枕河人家，融入悠长弯曲的前街小巷，直至寺庙，直至枫桥。

枫桥，这便是我魂牵梦绕的枫桥吗？就一眼便碎了我匆匆而

行的脚步。高高的石拱，窄窄的石阶，光滑的石栏，一如我寻常记忆。临水而视，河之混浊，岸之斑驳，看不出有多少的历史沉淀和文化底蕴。木船静水而泊，船下微波乍起，实难想象它是从遥远的唐代摇来。是我缺乏诗意的想象，还是我天生悟性迟钝？竟然揣摩不了历史的风情！我甚至怀疑，张继是否就是在这里写出千年传诵的《枫桥夜泊》？

仁立桥头，我固执地寻找着梦里遗失许多次的那份牵挂。一阵轻风吹

落几片枯叶，飘然落入一丛稀疏的兰草里。我知道，那不是枫叶，那只是空气里飘浮的一丝清凉的忧伤。这忧伤，恍若隔世，似有遥远的声息。伴着声息，有钟声传来，把虚实中的千年离愁，送入游人的耳鼓。

循着钟声走去，寒山寺里的香味正浓。

进入古色古香的寺前门，再穿廊绕壁，便是寒山寺的钟楼。站在这飞檐翘角的六棱柱形建筑前回望，眼前总有这般情境：簌簌的枫叶里，秋寒正渐浓，饱蕴禅意的钟声缓缓传来，张继被惊醒。凝重、深邃的钟声仿佛穿透了他的灵魂。他推开船窗板，见舱外的河面上月色迷漫，渔火点点，似有几多难以放下的东西，伴着久日的迷茫，化作点点离愁……许久过后，他放下窗板，斜躺着，物我两忘地听着浑厚的钟声，以指叩膝，声声入叩，声声成思……于是，一首传诵千古、脍炙人口的《枫桥夜泊》在那个落满霜色的秋夜诞生了。

"月落乌啼霜满天，江枫渔火对愁眠。姑苏城外寒山寺，夜半钟声到客船。"

当我真的置身于寒山寺，再次静默这首古诗，心有千千情结。不知寒山寺里的钟声越过了千年，却能越过多少的人间虚实？

杜甫草堂与草根杜甫

去成都，不能不去杜甫草堂，大凡读过诗句"朱门酒肉臭，路有冻死骨"的人，怕是都有这份情结。文人如此，草根亦如此。

浣花溪，原本就很有诗意，再于溪畔建一茅屋，"窗含西岭千秋雪，门泊东吴万里船"，居身于此，是何等惬意，何等雅致。我常常在旅游景点或是电视画面上欣赏过类似的场面，疑是效仿千年。立在丰硕高大的南国芭蕉前，临水照影，那一弯碧绿，随微风漾起缕缕薄雾向四处漾开，沁人心脾。

步入草堂，竹影摇曳，绿野仙踪，脚步轻踏在浸有千年风华的石阶上，步步含诗，声声带韵。轻风拂过，绿的视野仿佛在流动，天籁般的枝叶交响，悦耳动听。我忽然有种穿越时空的感觉，脑海里交织着蒙太奇般的情境，思绪在古柏、修竹和回廊深处缠绕。

杜甫自然是很喜欢这"舍南舍北皆春水""清江一曲抱村流"的茅屋，但谁又能想到，当年他是不得已而在此落居。公元759年，他没有钱在昂贵的长安生活，想回洛阳老家又因为相州败后河南骚动，于是只好全家搬往秦州。不久，吐蕃攻陷秦州，他便开始了"三年饥走荒山道"的流亡生活。这年岁末，杜甫一家乘船沿嘉陵江顺流南下至成都，住在西郊外浣花溪寺里。其后，在城西七里浣花溪畔找到一块荒地，在其表弟等人的大力帮助下，经过三个多月的苦心劳作，才建起一座简陋的茅屋，也就是后来的杜甫草堂。

大概诗人自己也不会想到，自己仅仅居住了四年的茅屋，一千多年后会成为全国重点文物保护单位，供游人参观拜谒。当然，其间也曾几毁几建，渐成规模。当年杜甫离开成都后，草堂便损毁无存，是五代前蜀诗人韦庄寻得草堂遗址，重建茅屋，建园立祠，供人瞻仰。至宋代又重建，并绘杜甫像于壁间，始成祠宇。此后草堂屡兴屡废，其中最大的两次重修，是在明弘治十三年和清嘉庆十六年。新中国成立后，杜甫草堂再次全面整修，正式对外开放。

穿门过桥，绕过影壁，便是一尊诗人铜像。忧身愁面，瘦骨嶙峋，双膝跪立在破旧的船头上。一身单薄的灰色长衫卷着凄风苦雨，饱含着人间冷暖，牵扯着无尽忧思，这是中年的杜甫，历尽世间沧桑的杜甫。一生颠沛流离，穷困潦倒，但他作为一个有良知的诗人，始终在为祖国的不幸命运牵肠挂肚，为百姓的缺衣少食忧虑不已。他"穷年忧黎元，叹息肠内热"，让自己忧国忧民的草根情愫永远镌刻在这历史的铜像上。

其实，杜甫并不是草根出身，而是有着官宦家庭的背景。虽其出生时家境逐渐衰落，但由于祖父是当时的著名诗人，淳厚的家世门风让他自小饱受文化熏陶，少年时便小有名气，并有着"自谓颇挺出，立登要路津"的迫切愿望和政治理想。是因为痛恨朝廷的裙带政治和官僚腐败，也因为不屑于"当面输心背面笑"的幕府生活，更因为目睹和体味了山河破碎、民不聊生的境遇，才脱胎换骨，走近大众，关注民生。可以说，杜甫的骨子里虽不曾流有草根血液，但却被植入草根细胞，在一个特定的社会环境下遂成革命胚胎。

草堂的主体非常朴素，屋内陈设亦十分简单，一桌、一椅、一排简陋的书架，印证着诗人贫困的处境。一只矮小的几案上，竹制的笔筒里斜插着一支毛笔，旁边是一卷落满灰尘的书页，让人想象诗人或坐、或站、或踱步的创作情景。而几只散放的木凳又告诉我们，这里亦是诗人广结民众、会见文友之所。止步于此，耳边犹闻嘘寒问暖的话音，眼前浮现出一群挚友抒发胸襟的情形。对于诗人而言，清苦也是一种幸福，除了周边可信赖的民众，除了志同道合的知己，还有柴门古道、篱边江岸、翠柳黄

鹂、青天白鹭……伴着浣花溪轻柔的水汽，诗人独坐在荧荧如豆的油灯下，把清心磨进砚墨，把责任凝入笔端，书写国之愿景、民之呼声。诗人在此只居住了短短的四年，创作的诗歌流传至今的却有240多首，这些不朽的诗篇赋予草堂深厚的文化底蕴，使草堂成为中国文学史上的一处不可多得的圣地。

然而，茅屋终究是因陋就简，经受不住浣花溪周边原野疾风苦雨的侵蚀。一个深秋的黑夜，阴霾密布，狂风呼啸，刹那间，茅屋的草盖被掀得一干二净，杜甫携老扶幼顿时被抛在荒郊野外，无处栖身。于是，就有了那篇著名的《茅屋为秋风所破歌》，有了诗人在伤痛和绝望中发出的呐喊："安得广厦千万间，大庇天下寒士俱欢颜。"

茅屋也好，草堂也好，都只不过是杜甫生命中的一个缩影。生于平民之间，长于百姓之中，理解百姓疾苦，为民众奋笔疾呼，以诗说史，才是诗人留给我们最宝贵的财富。作为有着草根情结的诗人杜甫，一生写诗无数，现存于世的也有一千四百多首，其中绝大多数是反映现实和批判腐朽的。他疾恶如仇，对朝廷的腐败和社会中的黑暗现象给予批评和揭露；他同情人民，幻想着为解救人民的苦难甘愿自我牺牲。"君不闻汉家山东二百州，千村万落生荆杞。纵有健妇把锄犁，禾生陇亩无东西"，这是对不义之战严重破坏社会生产的痛心疾首；"焉得铸甲作农器，一寸荒田牛得耕"，这是代表动乱时代广大民众的高声疾呼；他祈愿"好雨知时节……润物细无声"，老百姓安居乐业；他希望学童"读书破万卷，下笔如有神"，传承文化后继有人……

杜甫的一生犹如一部诗歌史，也是家国史和民族史的一个缩影。中国素有"以诗证史，以诗补史"的说法，"诗史"成了一个社会发展的佐证。杜甫的诗歌真实而深刻地反映了唐王朝由盛到衰的历史，真实反映了最底层民众实际的生活情境，于草堂后面设置一座"诗史堂"，可以说是对杜甫"诗圣"地位的肯定。正如堂内郭沫若撰写的对联所说："世上疮痍诗中圣哲，民间疾苦笔底波澜。"杜甫做到了，而且流芳于世。

周庄，斯人如梦

　　站在周庄青色砖石铺就的窄窄小巷，看巷外曲曲弯弯的河道，以及沿着河岸延伸驻扎的古民居、老店铺，心有千千结。河中泛起的水汽和茶楼酒店飘浮的烟雾，混杂弥漫，让人嗅不出是历史的陈味还是时下的新浊。那流连的河水，曾流过多少村姑闺梦？那摇橹而过的小舟，曾划过多少富贵贫贱、兴旺衰落和沧桑？伫立在沈厅门前，我有寻求释然的愿望。

　　这并不是沈万三当年住过的旧宅，不过是其后人的老屋，而且近年有过修复。即使这般，也能从厅内摆设及壁画中知晓这位当年江南富豪的发家史和兴衰人生。

　　沈万三的出名似乎和大明皇帝朱元璋有关联。然而，他的发迹主要靠的还是其勤奋和经商智谋。他始于垦殖，以农业起家，积累资本；再分财，继承了他人一笔不菲的财产，

扩充家底；而后通番，通过门前的河道连接京杭运河而上下南北，过长江入大海，开始做起了内陆及海外贸易。至此，在商界纵横驰骋，很快成了富甲江南的巨商。

当然，正是朱元璋使其名声更大，其后的故事流传更广。

恰值朱元璋平定了天下在南京修建城墙。于是，沈万三斥巨资承担了南京城墙三分之一的费用。然而有意要加害沈万三的朱元璋在宴会上抓住他想替皇上犒赏三军的把柄后，龙颜大怒，欲杀之。最后因众臣求情终于被没收家产，长枷铁镣充军云南再也没能生还。直至死后才棺冢回故里，安葬于水下。

或许，沈万三至死也不明白自己的命运为何是如此结局？而今，沈厅木楼依旧面水而立，然，木梁已经腐朽，朱漆已经剥落，斑斑锈蚀伴随着他颓废的家族分崩离析。只有木板缝中生命力顽强的百年孤独的青苔，似在诉说着古镇沈家曾经的繁华和怨诉。

回望千年人流，触目旧世物欲，悠悠古今往事，谁人能解春秋？

离贞丰桥不远，有一茶楼，一面临街，一面临河。这看似无异的老店铺，却因二楼上高高飘起的"三毛茶楼"幡子，便有了一些特别。

其实，台湾作家三毛并没有在这家茶楼喝过茶。她1989年来周庄喝阿婆茶的时候还不曾有这座茶楼。是精明的周庄商人在三毛离去窥探出其中的商机，才在这里牵强附会地摆弄出这么一座茶楼。尽管如此，这茶楼却成了周庄揽客的一个好去处。不是去品茶，而是为寻访三毛。

寻访三毛的游人也不仅仅都是三毛的忠实读者，其中不乏猎奇人。都说，周庄行是三毛的告别人生之旅，这便似乎充满了一些玄机。我知道，三毛是个性格独特之人，她一生有过无数次寻觅。如果说，她在寻找自己的心灵归宿，在我看来，撒哈拉沙漠应该是她的最爱。曾经，她的那本《撒哈拉的故事》震撼了多少年轻人的心灵。可为何，她的人生告别之旅会选择在周庄呢？

坐在茶楼的老式方桌旁，我凝视因混浊而显得深邃的河水，揣想着那久远的情景：一个散淡的女人，在长街小巷的石板路上款款而行。平平仄仄地走，左顾右盼地想，那蕴含记忆的古民居、桥楼、河埠、水墙门，似乎勾起她儿时的记忆。她仿佛感觉到水乡特有的圆润柔滑，是久远的沁入骨髓的真韵，是生命的本源。

从茶楼里的一些资料知晓，三毛对那次周庄之行有颇多的感受。她说："这次回来，冲动太大，心灵经受了人生的第三次震荡。第一次是19岁游巴黎见到埃菲尔铁塔；第二次是荷西的死；这次回到故乡，我常常会流泪，怎么也克制不住。"

她为何流泪？也许，只有这茶楼知晓半分。

其实，三毛对周庄的情缘远不止这些。只是，她急匆匆地走了，没来得及自摇船橹，荡漾在故乡那井字形的河道上，于那浩瀚的南湖里观赏南湖秋月；或在那白蚬水前，聆听渔民们蚬江渔唱；或去那急水江畔，遥望气势磅礴的急水扬帆……可惜她走了。

她没有再来，给周庄留下一个遗念，也给世界留下一个遗念。

斯人已去，斯文犹在，潇潇春雨，人何以堪？

在周庄，是不能不说陈逸飞的。正是因为这个陈逸飞，使周庄掀起了千年的盖头，于深闺中走向全国，走向世界。

一幅《故乡的回忆》的油画首先成就了陈逸飞。当年这幅油画作品在美国展出时，被美国西方石油公司阿曼德哈默先生以高价收购，并于同年11月份他在访问中国的时候将此画赠送给了邓小平。其后，在1985年的时候此画又成为联合国首日封的图案。从此，小小的中国江南水乡周庄也因此而声名大噪，一度为世界所瞩目，慕名寻访者络绎不绝。而名不见经传的陈逸飞也一举成名。

如今，我站在这座作为油画素材的名曰"双桥"的桥旁，惊叹于作品的魅力和文化的力量。

这是小河的一处丁字道口，一横一竖两座小桥成直角相连。一座是半圆形的石拱桥，另一座是平铺的板桥。两桥桥孔一圆一方，桥面一拱一平，犹如一把老式铁锁的钥匙，故又称作"钥匙桥"。正是有了这一些特别，便入了陈逸飞的油画，也引来了这后来许许多多的人……然而，看桥的人中间再也见不着陈逸飞了。

自古才子多薄命。遗憾的是他英年早逝。陈逸飞无疑是个有才华的人，他为自己争得了一片天空，为周庄开辟了一片天地。只是，也过早地为自己立下了一座石碑。

周庄人不忘报恩，却也精明。而今，在"双桥"的旁边，那座为他竖立的"陈逸飞与双桥"的石碑，又成为游人争相拍照留念的景点。

暮正临。周庄依旧，逝者如斯。华灯映水，古舟凌波，水墨凝乱，似乎有多少个梦想在迷乱中……

寻诗黄洋界

　　去井冈山是不能不去黄洋界的。究其原因，恐怕皆是因了毛泽东的诗词。

　　这季节，正是山花烂漫的时候，远远近近，总有一团团的紫、一簇簇的红跳入眼帘，很自然地叫人想起这井冈山是红色景区。还有那连绵的松竹，青翠欲滴地铺满某一处山腰，扎根于几处险要。盘旋在山顶上的两只苍鹰俯瞰山峦，好有大鹏展翅的雄姿。顺着苍鹰滑行的方向，一条飘带似的盘山公路时断时续地绕着山腰回旋。尽头，便是海拔 1000 多米，地势险要，山林密布的黄洋界哨口。

　　这个时候总想读诗，读毛泽东的《西江月·井冈山》，在战争的遗址中寻觅当年的痕迹，在时空的回忆中感悟诗句的内涵——

　　1928 年的 8 月，敌人趁红军主力出山的空当，调集四个团的人马围剿山上不足一个营兵力的留守红军。但驻守红军英勇顽强，机动灵活，运用有利的地形地貌，利用特制的竹签树桩，和国民党军队打起了攻守战。就是在这场兵力有悬殊，武器

有差距的战斗中，红军取得了决定性的胜利，在我军早期的战例中独树一帜，被载入战争的史册。

为此，毛泽东写下了这样的诗句："早已森严壁垒，更加众志成城。黄洋界上炮声隆，报道敌军宵遁。"

据说，当年井冈山确实有几门迫击炮，红军就是用的这几门迫击炮打击攻山的敌人。如今，这锈迹斑斑的迫击炮就放在黄洋界哨口的一个石座上，供游人观赏和拍照。

从炮台处拐过弯就是黄洋界保卫战胜利纪念碑，上面分别镌刻着朱德写的"黄洋界"和毛泽东的"星星之火，可以燎原"的手迹。一行人于这里留个影，算作纪念，也算是接受了一次名副其实的革命传统教育。树林前有一条小路，是朱德、毛泽东当年挑粮上井冈山的路。今天看来，这小路实在是太小，而且险峻，真不知道当年朱德他们是怎么挑着担子上山的。于是，我又想起毛泽东的另一首词《念奴娇·井冈山》，其中有一句："五井碑前，黄洋界上，车子飞如跃。"我不知这"车子飞如跃"是什么含义，但我总是把这小路和车子联系起来，然后便是想象，想到更多的便是艰辛和牺牲。

黄洋界算不得一处真正意义上的风景，可就是这样一个不起眼的地方，去井冈山的游人是必到的。据说，毛泽东很是青睐井冈山，青睐黄洋界。作为诗人，他一生中写过很多的诗词，但在诗词中多次提到黄洋界的类似现象却是不多见的。像延安，像宝塔山，整个抗日战争他都住在那个地方，可留下有纪念意义的诗词却几乎难以寻觅。就是对于井冈山其他地方，毛泽东除了一次提到五井外，也均未涉及。可见，黄洋界在他心中留下的印记是何等地深刻。

1965年5月，毛泽东在《水调歌头·重上井冈山》一词中更是写下了38年过后重游故地的感觉："到处莺歌燕舞，更有潺潺流水，高路入云端。过了黄洋界，险处不须看。"

其实，过了黄洋界，也依旧是群山环抱，峰峦相依，看不出有多少更加别致的风景。我想，毛泽东之所以不同寻常地记起这个叫黄洋界的哨口，除了它曾经不同寻常的历史以外，还应该有它独特的历史价值。还有，它的精神——井冈山精神，黄洋界精神。

《井冈歌谣》

红米饭，南瓜汤，　　干稻草，软又黄，
秋茄子，味好香，　　金丝被儿盖身上，
餐餐吃得精打光。　　不怕北风和大雪，
　　　　　　　　　　暖暖和和入梦乡。

走过南昌菊花台

到南昌是参观八一纪念馆，意外地遇上了菊花展。朋友建议我去看看，并说了许多菊花的妙处，于是，我们就去了八一广场。

尽管八一广场菊花展的规模不及红谷滩新区行政广场，但我们依旧能看到不同类别和外形的菊花，像什么悬崖菊、塔菊、大立菊、盆景菊、品种菊和案头菊等。品种亦是奇特，有许多是我从未见过甚至从未听过的。凤飘绿奇、黄河、金龙献血爪、金缕流霞、金三王、春日剑山这些名字象形会意，很有诗情。朋友说，红谷滩新区行政广场展区那边还有一种叫"墨王"的，是近几年培育出来的新品种，曾在全国菊花展评比中获得金奖，很是高雅和精贵。

走过各种不同造型的菊花台，我

仿佛置身于一片花的海洋，红黄绿白紫，五色纷呈，各显风姿。红颜似火，映衬着这座英雄城的色彩；黄颜澄澄，比拟着国旗上五星的金灿；绿颜秀美，很有几分军装的色素；白颜纯洁，像一个人和一座城的品质；而那紫色的菊花则让我想起一个叫兰辛的姑娘。

严格来说，兰辛是一名战士，在朱德的教导团里做文秘。兰辛其实是一种菊花的名称，英文名字叫Lansing。她母亲喜爱菊花，尤其是喜爱紫菊。她出生那年家里正好养了一盆这种菊花，叶绿花紫，甚是典雅，装点着阳台，于是母亲就把她也叫了兰辛。母亲的意思很明白，希望她守在深闺，陪伴在自己的身边，做一个尽忠尽孝的女子。然而，兰辛却要做室外怒放的野菊，为所有的路人带来芳香，于是她去了学校，又从学校去了革命队伍。

八一起义的那天晚上，兰辛和其他戴着红袖章的战

士一起，冲锋陷阵，用实际行动很好地践行了一名革命战士的崇高誓言，紫色的花瓣被鲜血染成红色……

解说员在说到这段故事的时候声音有些哽咽。我想起，那以后不久就将是秋天，正是菊花鲜艳盛开的季节。

从八一纪念馆出来再看菊花展，似乎有着一种别样的心境，我总是把这七彩缤纷的世界和过往的历史联系起来。我认为，它们应该是有关联的。那一盆盆的菊花，就像是一个个战士，那层层叠叠的菊花台，就像一队队、一排排前仆后继的队伍。一个八一广

场，让我看到了一个幅员辽阔的中国。

朋友说，菊花总给人一种忧伤的感觉。"秋丛绕舍似陶家，遍绕篱边日渐斜。不是花中偏爱菊，此花开尽更无花。"元稹似乎很懂得生命的规律，寥寥数语就点拨起人生的伤感。

　　我不以为然，赏菊，要有一种信念，要有一种乐观的人生态度。菊花的品性就在于百花凋零她依旧凌寒傲雪，当一个季节的守望者，并为万物迎新做出牺牲。这是怎样的一种品质啊！我又想起解说员的那番话："正是由于大革命失败后，中国共产党人经过了一段寒冷的时光，才走上了农村包围城市、武装夺取政权的道路，从而建立了新中国。"

　　南昌，正是这武装夺取政权打响第一枪的地方。这里，撒有革命的种子；这里，洒有烈士的鲜血。所以，南昌的菊花就不同于一般意义上的菊花，南昌的菊花展也就不同于一般意义上的菊花展。

　　所以，在南昌，你就能看到如此鲜艳的菊花，你就能看到如此傲骨的菊花，你就能看到如此骄傲的菊花。可以想象，菊花的品性已融进南昌人的骨髓，菊花的精神已流淌在南昌这座城市的血脉里。

乡愁一曲府文庙

　　在泉州，有两个地方我定是要去的，一是海边，二是府文庙。这是大陆离台湾最近的城市，站在海边，能感受到血脉涌动的骨肉情谊，俯首可掬咫尺天涯的一湾海水。到了这里，最能体味余光中那首《乡愁》中的真正诗意和情感。而府文庙则是一处见证两岸深厚文缘的文物古迹，其中蕴含的儒学经典，是两岸华夏儿女一脉相承的。

　　很早以前就在书本上看过，在闽台文化的交流中，儒学文化起了很重要的作用，而其中，府文庙功不可没。所以，当我一站到这座宏伟的古建筑面前，就急于寻找记载着这种文化渊源的历史印记。

　　看得出，主体建筑大成殿是典型的宋代重檐庑殿式结构，我在曲阜似乎见过，但印象不深了。殿身为斗拱抬梁式结构，整座大殿用白石柱承托，石雕盘龙各据其

位。孔子像端坐在大成殿正中，清康熙帝御书"万世师表"的牌匾悬于梁上，肃穆而威严，令人格外虔诚。庙内宋太守王十朋题诗的夫子泉井等诸多文物也保存完好，人文气息依旧很浓。但我最感兴趣的还是刻有"乾隆六十一年台湾知府蒋元枢捐造，贡生蒋鸿皋监制"铭文的三件青铜豆，以及有"同治六年五月铸，州同衔即选训导郑秉经，郊行李树监铸冶"和"台湾北路淡水同知严金清谨制"铭文的青铜编钟两件。据讲解员说，这些器物都是历史上不同时期，台湾孔庙在泉州府文庙举行祭孔典礼时带来的贺礼，它们见证了泉州府文庙与台湾孔庙之间独特的文缘关系，彰显了台湾民众对大陆原乡的文化认同。

这就让我又对台湾的孔庙有了兴趣。

回来以后，我查了相关资料。大概自明朝起，泉州府文庙培养出来的许多人才有不少去了台湾，推动了台湾儒学的起步和发展。康熙二十三年，曾任泉州知府的蒋毓英，被调到台湾做首任知府，在其任职期间，台湾儒学文风已很兴盛，于是便顺应民意修建了两座文庙。为了营造与福建孔庙的同一性，台湾孔庙在创建与维修时，都是聘请福建工匠主持，建筑材料也多取材自福建。有一处资料上说，台北孔庙创建时，由建造万华龙山寺的福建泉州名匠王益顺按闽南式建筑风格设计，木石材料大都是当年从唐山运来的，有泉州白石及青草石，雕刻精美。台南孔庙的情况也大抵如此。

此后，泉州府文庙与台湾孔庙之间的文化交流便日趋密切。我在想，这与蒋毓英在泉州、台湾都担任过知府的经历大概是有关联的吧？于是，我便查找有关蒋毓英的资料，可惜书本上记载的并不多，网上也是只言片语，这不免让我有些遗憾，我认为，蒋毓英是可以和施琅、刘铭传他们相提并论的。

记得泉州曾举行过"首届闽台孔庙保护学术研讨会"，我想，这对闽台两地共同推动儒学文化会起到重要的作用，其中，一定会讲到蒋毓英的。

我很喜欢电视剧《康熙王朝》，陈道明演得好，把康熙皇帝演活了。我想，这与电视剧的内容是有关系的，是内容赋予了角

《海滨邹鲁》碑

色成功的因素。尤其是喜欢收复台湾那几集，它让我一边看一边想着我们的现代史。在府文庙，听说《康熙王朝》电视剧就是在这里拍摄的，便很是好奇。讲解员一边和我们说着电视剧的事情，一边还说起府文庙在收复台湾时起到的一种特殊作用。

那是康熙八年六月，清政府派刑部尚书明珠、兵部侍郎蔡毓荣为钦差大臣入闽，与靖南王耿继茂、福建总督祖泽沛齐集泉州，主持和台湾郑氏政权的谈判。七月初，清方派遣的兴化知府慕天颜、都督金事季佺首先到了台湾，向郑氏宣示清政府的招抚之意。郑经表示"苟能照朝鲜事例，不削发，称臣纳贡、尊事大之意，则可矣"，并派礼官叶亨、刑官柯平携带给明珠等人的复信随慕天颜等到泉州进一步商谈。然而，在具体议及拜会礼仪时，双方又发生了严重的争执。慕天颜提出，明珠和蔡毓荣两人是钦差大臣，"虽公、督、抚、提见之，皆由角门而入，偏坐。

汝二位报使，亦然"。郑氏使者不同意这样的安排，他拒绝使用地方官员拜见钦差大臣的礼仪，而要求以客使的礼仪拜会明珠等人，于是双方争执不下。为了打破僵局，慕天颜提出在泉州文庙相见。文庙是供奉儒家文化鼻祖孔子的地方，孔子是双方共同尊崇的中国传统文化的代表人物，对于清政府做出的这种安排，郑氏使者不便反对，只好由角门入见明珠和蔡毓荣等人。这场因拜会礼仪而产生的争执，由于地点选择在文庙而得到了化解。

这是文化的力量。源于不同地域的文化虽有传承之别，但其教化及孕育人的功效却是一致的。何况大陆和台湾还是同宗同族、同根同源，文化一脉相承。前些时候去曲阜，正碰上台湾"中国电视公司"董事长林圣芬率领 90 位台湾文化教育界人士参访孔庙，他们告诉我，这是一次寻根之旅，也是一次把孔孟之道等中华传统文化精髓向台湾推广普及的实际行动，在中华大文化的背景下，两岸同胞可以消除一切分歧，携手同进，共创未来。

当然，距离台湾更近的泉州府文庙更是台湾同胞寻根祭祖的地方，许多名人政要纷纷来此。去年初夏，著名诗人余光中回乡举办诗会，地点就选择在府文庙的惠风堂。余光中闻名遐迩的诗歌《乡愁》，蕴含着海峡东岸游子诚挚的思乡情，让几代人为之共鸣。

站在泉州长长的海边，我凝望着那湾流淌几代人深深乡愁的浅浅海峡，情不自禁。谁能想到，泉州与台湾仅一水之隔，相距不过 90 海里，航船出崇武港，一昼夜就可以抵达台湾的北港，可半个多世纪以来却隔海相望，不能直航。这是历史的悲剧，也是中华民族的悲剧，所有的炎黄子孙永将铭记。

悲剧终究要结束，悲剧也不会重演。再读《乡愁》续诗，余光中说出了两岸同胞的共同心声：未来，乡愁是一条长长的桥梁，你去那头，我来这头。

诗城画夜

　　"诗吟李太白，酒品采石矶。"朋友为我接风自然是少不了酒，酒中叙情自然会提到诗仙李太白的，何况这座城市因为他的亲临而增名添色。待喝到"我舞影零乱"之醉状，我便想去看马鞍山的夜景。

　　车行在流光溢彩的街道，眼前虚幻斑斓。小雪已过，扑面而来的风该有些凉意的，但此时贴在脸上似乎有按摩之惬意。然而让人更感惬意的是悬挂在道路两旁形态各异、争奇斗艳的景观灯和镶嵌在远处建筑群上错落有致、五颜六色的楼宇灯。霓虹灯闪、耀、跳，有碧绿的、橙黄的，还有青紫的；绿地灯一丛丛、一串串，似花簇、似绸缎，简明扼要，闹中取静；路灯成线，恍

惚耀眼，像一串珍珠横牵在城市的颈项，把人的目光拽向远方；参差不齐的高楼万千窗口闪烁的灯光，缀在灰色的天幕上，犹如一颗颗晶莹夺目的宝石，看着看着就幻成一片，让人好生疲乏，只得不停地眨眼。车窗外游人如织，夜市忙碌，熙熙攘攘中有情侣的甜笑、孩子的嬉闹、流动商人的推销吆喝，真乃"明月如霜，照见人如画"……我目不暇接，全然不知自己身在何处。

朋友说，怎么样？这就是马鞍山。每到夜晚华灯齐放时，你会感到它夜的璀璨，市的繁荣，现代化的气息以及市民夜生活的浪漫。确实，我是感悟到了。而且我还感悟到，这璀璨的灯光、多元的风格仿佛闪烁着整个城市的智慧、跳跃着城市人的灵魂，又似乎在向世人演绎着这座古老城市历史变迁中的美轮美奂，以及中和、兼容、人性化的风情……

路过雨山湖公园的时候，朋友指我看九孔桥。朦胧中，一条彩虹静卧在波光潋滟的湖面上，其婀娜多姿的优美曲线，被玫瑰色的霓虹灯勾画得玲珑剔透，在夜幕下尤其显得妩媚、神秘，令人神往。四周的树影似动非动，像是桥的守护神，又像是伴桥而拥、低喃细语的一对对情侣。几处散乱的树灯没有规则地浮动着，忽明忽暗，有夏夜里流萤浮游之感。湖心岛的背影是层次分明的楼群，红、黄、蓝三色的激光灯不知源于何处，此时在鸡尾酒色的城市上空画出无数条绚丽的直线。那光柱聚散有时，尽染七彩，像城市的眼睛，像守夜的神灵。

醉眼蒙眬皆是景，何况已是画中人。在我尽享诗情画意的忘我境地，朋友告诉我，激情广场到了。

据说这是亚洲最大的一处休闲公园，耗资数亿。我敬佩城市主人的勇气和前瞻性，在现代化建设已具规模的马鞍山，生态文明的构建标志着这个城市的文明进程和城市档次的提升。公园确似广场，而且是很大的广场，举目之处，不着边际。此处已远离喧嚣的闹市，夜空也清纯了许多，星月稀疏，无声浩宇的衬托更使得广场空阔、远伸。灯饰的演绎仍旧是这里的主旋律，灯光变幻下的植物秀依然是广场的主色调。那灯不再像闹市区里那样做大做强、炫耀张扬，也不像住宅区里那样中规中矩、明暗有章。此处的灯循不得规矩，找不出层次，指不了数量，辨不清是非。混混沌沌，幽幽暗暗，总让人有寻寻觅觅之忧。那草地暗绿

　　如绸，朦胧中隆起一处处似是而非般的草丘，影影绰绰，虚虚幻幻。有许多说不出名字的木本树，沿曲径散落而立，树上缠绕的饰灯仿佛就是那树的枝叶，有喧宾夺主之嫌。迎面不时有路人绕过，三三两两，或散，或搂，少有孤客独行。草地里多有恋人坐而不立，而且喃喃细语全然不顾游人的窥探……真是好地方，如诗如画如梦境。我不禁感慨，月清灯幽，玉宇琼楼何处？

　　感怀莫留诗，风光匆着色。可惜，在这如诗如画的夜晚不能去采石矶了；不能去瞻仰金碧辉煌的太白楼，登楼吊谪仙；不能去"江上草堂"领略当代草圣的真迹墨宝，好让文化的静思深嵌在林散之纪念馆的门墙上。但这一切马鞍山人早已规划而且正在实施了。曾经，"钢城"的美誉给这座城市带来许多的荣耀和巨大的财力，而今，省级工业园区的快速崛起和打造"诗城"文化品牌战略带来的巨大经济潜力，已使这如画的城市夜晚变成了马鞍山壮丽的蓝图。

领袖故居里的灶

　　去过许多名人故里，那些被精心修缮和保护起来的名人故居大同小异，最能体现不同的便是在厨房，或是说灶间。有些名人故居有这样的陈设，有的没有。即便有的，亦有豪华和简陋之分。

　　民以食为天，我很敬畏这句话，朴素的语言，基本的道理。古人走向文明之一的例证便是蜗居垒灶。有灶才能食。所以，灶在老百姓的眼里是神圣的，民间多数地方都有"祭灶"之风俗。

最近分别去了淮安、炭子冲和韶山，在周恩来、刘少奇和毛泽东的故居里都看到了灶间那一隅。我很惊奇，除了厨房的位置不同，刘少奇故居里的厨房面积要大些外，这些故居里的灶间陈设几乎一模一样，算得上简陋。灶的形状也差不多，都是铁锅土灶，中间带有吊罐的那种。想想，这样的情形似乎有些道理，相同的时代背景，领袖们的童年也只能选择同样的厨房和相同的锅灶。在他们还很年少的时候就在想着要让天下所有的人家都有锅灶，所有的人都能吃饱肚子。于是，他们选择投身革命，以老百姓有锅有灶有饭吃为终生奋斗目标。

周恩来去天津，去法国；刘少奇去宁乡，去莫斯科；毛泽

东去长沙，去北京。殊途同归，他们不约而同地选择寻求知识，寻求真理的道路。舍小家为大家，周恩来这一去就再也没有回淮安，锅灶成了尘封的记忆。我去那里的时候，故居那畦菜园地正绿色成毯，向游人送去青翠浅露。透过厨房的窗户，锅灶依然，肃穆依旧。听讲解员说，周恩来之所以没回来，是因为太忙，为了全中国人都能有一个热锅热灶，过上小康日子，他鞠躬尽瘁，日理万机。毛泽东在韶山建立第一个党支部后奔赴革命的最前沿32年后才重回故里，这一次他看到自己的旧居又重新修缮，心里十分感慨。"为有牺牲多壮志，敢教日月换新天。"为了信仰，

毛泽东一家有六位亲人献出了宝贵的生命，居住的房子也被国民党没收，惨遭破坏。走过那熟悉的一门一槛，他对当地政府的人说，房子基本上保持了老样子，只是锅灶有点现代化了。我端详那口锅灶，很久才发现，原来是灶面上涂有一层水泥。旧灶上可能不曾有。可见，锅灶在毛泽东的心里记忆有多深，几十年过去，连一个细节都是那么清晰。

刘少奇故居里的灶间保存得算是最完好。刘少奇1961年回来的时候就住在过去的卧室里，并且就在那个老的灶间请乡亲们吃饭。这顿饭有着特殊的意义，因为那是一个特殊时期，农村每家每户的锅灶都拆掉了，村里的人都集中在公社的大食堂里吃大锅饭。在一个错误的时期选择一种错误的做法，自然会有一个错误的结果。刘少奇敏感地洞察这个错误结果的严重性，于是走访群众，明察暗访。经过十天的深入调查研究，掌握了第一手材料，他果断决定，将公共食堂解散，每家每户重新垒灶起锅。也正是因为他的果断决定，社员们才得以缓过气息，转危为安。就在这次回乡，刘少奇看到乡邻们经过大食堂后住房拥挤，百废待兴，便将旧居房屋及桌、凳、锅、灶全部分给社员，以解他们的

燃眉之急。我很感动，一个共和国的领袖将自家的锅灶拆去以救济乡邻，这是何等的胸襟！

　　无论是在淮安、在炭子冲，还是在韶山，领袖曾经的足音不断地敲响我的耳鼓。伴着这足音，我看到的不仅仅是领袖辉煌的一生，我更能体味，领袖凝结在锅灶上的浓浓深情！

从环碧公园到周瑜墓

　　位于庐江古城东北隅的环碧公园有些历史了，相传始建于明代。站在街心花园入口处的园名石前，似乎还能体味当初建园人的慧眼匠心：公园东临河滨，南连民宇，西靠文庙，北枕城垣。远望可览冶父晴岚，东顾群山云烟；近看可睹市井百相，人间世态炎凉。数百年过去了，繁华不减，清幽依旧，岁月于不经意间在这里将历史沉淀。

　　入门而行，是一条杨柳掩映的青石板路，路下是湖，路间有桥，路旁有亭榭。湖形似扇，水清波蓝，湖面夏莲泛绿，秋花流红，犹如一柄扇页上名家的妙笔丹青。还有，木舟横渡，皮艇绕行，将笑语碾碎，把朝阳与落日搅拌在湖中。桥皆为石桥，桥身雕栏镶嵌，桥形拱如弦月，水中婆娑的柳影让人疑为寒宫的丹桂。我不知道天上那一轮圆月究竟是一半在湖上一半在水里，还是分为两片扣在了路的两边？亭榭依湖临风，飞檐翘角上悬挂的

还是那明风清韵。倒是倚栏相伴的情侣惊醒了几个世纪的羞怯，让时光定格在当下这个开放的某个早晨，某个黄昏。

湖心路的尽头是绿洲，西、北两溪犹如两条玉臂将其环抱。这让我想起公园名称的来由。名谓环碧，莫不是就因了这溪流缠左右碧水复潆洄吗？绿洲不大，却环路缠绕，曲径通幽。沿路因地形而至景，依走势而谋篇。一环芳径与主轴之间的几座漏风亭，疏影摇曳，新绿簇拥，闲可赏景，累可歇足。倘有兴趣，亦能闻风弄竹，附庸风雅。二、三环路之间有三两处石雕，色调不尽相同，造型风格有异，静中有动。静是雕像，动是游人。常常看到"母子牵手"上真有母子牵手，"情侣相对"旁时有情侣相对。还有动物雕塑边经常扭捏着装模作样扮着怪相的顽童。我是很少步入三环的，尽管那里棕榈的枝叶像一片浓荫，杨柳的丝条如佳

人的秀发，但幽处有私语，近闻难避嫌。何况，公园到处是风景，仰头可望空中游动的风筝，俯首可看湖面缠绵的鸟雀，左顾右盼则是连片的绿，簇簇的红，喧闹清幽相共，物我动静咸宜，何故要去做一回灯泡，坏了许多人的浪漫？

我常常想，数百年的历史在环碧公园里仿佛就是一个季节的繁华，而时代的脚步却在这里经久不息，让时光变得如此缓慢。我站在公园南边的英雄纪念碑前缅怀历史，浮想联翩。于是，怀着沉沉的心绪步出公园后门，越过军二东路，走近肃穆的周瑜墓园。

这是一座气势恢宏、苍翠庄重的仿汉风格的建筑群，墓园的大门似一座牌坊矗立在路的旁边，就像是一座古老的城墙，圈起一段久远的故事。

门后是石塑的影壁，上书苏东坡的《赤壁怀古》，影壁背面

则是《辞海》里"周瑜"的词条。这影壁就像是一道玄关，让人感觉历史的扑朔迷离。于是，我们看厅堂内雕刻的周瑜生平介绍和赤壁大战的详情图文便有几分甄别真伪的意念。不过，我对墓园内的几副对联却是充满了敬畏。比如，"赤壁展宏图，三十功名公已勋垂宇宙；佳城封马鬣，两千年后我来树此风声"，这不正是这座墓园要告诉前来参观的游人一种心迹吗？

"君臣骨肉江东水，儿女英雄皖北坟。"瞻仰那已布满枯草的硕大墓堆，追抚斑驳的小乔胭脂井，以及凝重的阙门、石生像、碑廊、文物展厅，我心亦凝重。

环碧公园与周瑜墓只一路相隔。我曾不止一次地思考，路西的公园就像一个祖传的庭院，传承的不仅是苍松古槐，还有生命的信念，这里有酸甜苦辣，更有美好的明天。路东的墓园则像一座藏窖，尘封的永远是一段历史，除了寂静肃穆，便是那时断时续的质疑。

我还在想，环碧公园的繁华与周瑜墓的寂静一路相邻，是不是意味着历史和现实也是如此地近？

大连的境界

　　我一直以为，一座城市除了有其品位外，还有着一种境界。虽说这多少有点拟人的意象，但你只要到一些城市走走，你就会感到这种"拟人"不是那么牵强。比如说在大连，我就体味到了这种境界的存在。

　　最早知晓大连是在上中学的时候，历史课上老师讲，1897年，俄国人开建了这座城市。当时沙俄设计师揣着法国巴黎的城

043

建图纸，想在东方再造就一个以广场为主的城市，于是就来到了中国大连，给她起名"达尔尼"，意为遥远的城市，一个远离莫斯科和圣彼得堡的地方。1905 年，日本人占领了这个城市，按"达尔尼"音译过来就成了汉语的"大连"。

无论是"达尔尼"还是"大连"，我觉得都很美，再加上"遥远"的意思，就有了一种意境。意境是境界的内涵，如此说，大连自诞生之日起就有了境界的基因。

大连的广场多。这不奇怪，"广场"是大连的胚胎。在汉语里，广场含有宽阔的意思，而宽阔也是境界的元素。大连的城市建筑，多以广场为中心向四周辐射，进而形成一处处很有特色的市景。这让我想到一个人的胸襟，海纳和包容，就成为一种品性。"星海广场"这个名字很容易让人联想到音乐家冼星海，与音乐相关的东西当然很有境界。如果你用谷歌的上帝之眼软件俯视这座广场，你就会惊奇地发现广场中心的图案是一个巨大的星星。与星星，与苍穹联系在一起，那该是更有境界的吧！

海之韵广场透视出来的主要是意境。一万多平方米的绿地和数不清的雕塑小品，以及瀑布群、图腾园，让人既置身远古时代，又徜徉于现代文明之中，让不同世纪的生命共融，这是一种美好的愿景，体现了一座城市超凡脱俗的胸襟。而海草屋、木杉地，以及活跃在其间的啄木鸟、大蜥蜴，又反映了人与自然和谐相处的生态情境。我体味，这种意境的外延便是一种境界。

当然，意境加人文，更是一种境界。

在大连坐出租车我遇到过这样一件事情。从火车站去酒店我对路线不熟悉，有点怕被宰的心迹，所以就提醒司机。司机是个中年男子，其形其貌以及他的气质，很容易让人把他与这座城市联系在一起。知晓我的意思后他不恼，却笑，说你是外地来的吧？看来你还不了解我们大连人，放心吧，大连人是有境界的。

走在滨海路上，司机看我好奇地看着窗外，便主动向我介绍情况。他用地道的大连话说，这条路修于 20 世纪 70 年代，原是一条战备公路，两端有军队镇守。邓小平来大连参观时，建议向市民开放，从此这条路变成了一条旅游观光路。1988 年国务院把该路及附近的风景区划为国家重点名胜景点，从此，滨海路就被称为"中国城市滨海观光第一路"。这是邓小平的功劳，也是大连人的功劳。当然，更体现了大连改革开放的意识和精神。

正值春季，我看到的确是一幅很美很开放的画卷。一边是长

满针阔叶混交林的山峦和盛开着火红杜鹃的山麓，一边是烟波浩渺的大海和千姿百态的礁石岛屿，奇景迭出，美不胜收。我不仅感觉到了这条路的长度，也感悟到了它的高度。

随后，司机又向我说了许多大连的故事，包括大连的市政建设、经济发展、居住环境、自然和人文景观，以及大连的未来等，俨然是个导游。看得出，生活在大连，他的幸福指数很高，作为大连人他很荣幸。下车时，他拒收我的打的费，理由是，来大连的人都是这座城市的客人，是这座城市的荣幸，他愿意作为志愿者免费服务。他很虔诚地说，希望我作为大连美好的见证人，为大连的宣传说句话。

我是被感动了。这大概就是大连人的性格，就是大连人的境界。由此可以想象，这同时也应该是大连这座城市的性格和境界。

接下来的一段时间，我总是在梳理这位出租车司机的话。作为大连的一位普通市民，他就是这座城市的一张名片。走在大连的街上，流连于大连景点，或是深入大连的某户人家，以及听他们的领导讲话，我都在验证着司机所说的一切。城市的境界就在这细微之处透视着广度和深度。

　　无疑，大连已成为一座公园化的城市，整体的绿化包装着整个城市，所有的景致都是尊重自然，超越生态的。我感到了一种技术与自然的融合，人的创造力和生产力最大限度地发挥，体味到了居民的身心健康和环境质量得到了最大限度的保护。这让我想起以安全为本的城市考古史料。

　　远在仰韶文化时期的半坡时代，原始人聚落周围就已经围有壕沟，以防止野兽和敌人的攻击。在可考的最早的都城洛阳二里头遗址，已经有城墙的遗迹。高墙深池，重城壁垒，是我国早期城市的基本形态，体现了我们祖先以安全为本的城市理想。至

隋唐，这种城市安全防护体系的发展已达到古代最高水平。可以说，以安全为本是一座城市的最低境界。大连，文明的程度早已超越了"夜不闭户，路不拾遗"的范畴，在这里，物质和精神都是丰富且安全的。每一个来大连的人都无须有我那种"被宰"的心迹，相反，这里有"免费的午餐"，有享之不尽受之不竭的礼遇。

我梳理的最终结论，以人为本是大连的最高境界。从大连的城市规划、建设理念、管理方式、城市形态，让我们看到了一个民族的文明程度，也看到了一座城市所达到的新的境界。大连，能成为"中国十佳美丽城市排行榜"第一名，就是这种境界的最好体现。

我在大连看海。在中国，也只有大连能看到地跨两海的奇景。黄海是蓝色的，那种蓝，像天、像山、像豪爽的男人，是豁达的；渤海是黄色的，那种黄，像泥土、像稻谷、像温柔恬静的少女，是宽容的。生命源于海。当这种蓝和这种黄衔接在一起的时候，我又看到了一种旺盛的生命，那就是大连。

大连，是海一般境界的生命。

读扬州

　　读城，是文人笔下常写的两个字，把城市当作一本书，把城市的名胜景观、历史文化、风俗民情、地方特产等当作一张书页来解读，很有些品位和风雅。余秋雨就写过一本《读城记》，读的是北京。易中天也写过《读城记》，读的是好几个城市。扬州当然是一本书，而且是一本很厚重的书。这本书，十几年前我在扬州师范学院的时候就读过，这个秋天来母校和同学小聚，再去扬州一些地方走走，算是对这本书的重温和复习。

一

最早知晓扬州，是通过李白的诗句"烟花三月下扬州"产生印象的，以及"扬州出美女"这样的民间俗语。这很早，大概是在上小学的时候。所以到扬州师范学院进修的时候，我首先想到的是到街上看美女。

那不是三月，是九月，没有烟花，但视线里依然一片花红叶绿，伴以淡淡的秋黄，城市独有的风景在流动的人群里就显得很有些"烟花"的味道。而且，我真的看到了很多的女人。

前些年扬州搞了一个十二粉黛评选，当选者几乎都是历代倾国倾城的绝世美女，其中不乏琴棋书画样样技艺精湛之人。遗憾的是，林黛玉因为户籍问题没能位列其中。

林黛玉可以说是扬州人，因为林黛玉的出生地是扬州。林黛玉虽是虚构人物，但她的娇媚和才情完全是扬州传统文化的产物。林黛玉的美貌自是无须赘说，就那一首《葬花吟》就令多少人肝肠寸断，泪流千古。

我曾经在师院的图书馆里查阅"扬州出美女"的溯源。南朝诗人鲍照在描写扬州的名篇《芜城赋》里有这么一句话，说道："东都妙姬，南国丽人，蕙心纨质，玉貌绛唇。"东都是洛阳，南国则是扬州。洛阳的美女在古代就特别有名，鲍照将扬州的美女与洛阳的美女相提并论，说明扬州美女出道亦是久远。

王建在《夜看扬州市》中写道："夜市千灯照碧云，高楼红袖客纷纷。"这说明到了隋唐时期，扬州美女已开始声名鹊起，队伍真正壮大起来。

清水与明月，绿杨与墨竹，以及古巷美女，构成扬州美的因素。而美女作为扬州这座城市的一张特有名片，为扬州的推介做出了不可磨灭的贡献。再读扬州，美女依旧，她们带着古香古韵，一展时代的风情。

二

钟情于扬州，不仅是我在这里学习，还因为合肥和扬州有些渊源。扬州建城史可上溯至公元前486年，最早的地理名称"淮海维扬州"就包括了我们安徽。汉武帝时，在全国设十三刺史部，东汉时治所在历阳，也就是今天的安徽和县，末年治所迁至寿春、合肥。杜牧曾经在扬州为官十年。当然，杜牧也是我最推崇的诗人之一。

唐文宗大和七年至九年，杜牧作为淮南节度使牛僧孺的幕僚，开始在扬州抛头露面。当然，杜牧在扬州的表现也颇受微词。那正是杜牧风华正茂的年龄，因得牛僧孺的信任，他有恃无恐，官场、情场皆如鱼得水，招来不少非议。当时，他工作之余最大的乐趣就是宴游，常常一个人幞巾飘飘地混迹于稠人广众中，身边不时地出现一两个女人。尤其是后来像如意巷、多宝巷那样的地方也随意进出，门槛踏得比节度使衙门还要熟悉。牛僧孺爱才，唯恐杜牧在背景过于复杂的花街柳巷惹出是非，就婉言相劝。

　　那一日牛僧孺请杜牧喝酒，以长者身份说："我担心您风浪放诞，对身体可有害呢！"杜牧自知理亏，遮掩说："我常常约束自己，您就不必担忧了！"牛僧孺遂让侍儿拿来一个书箱，取出许多纸页，递给杜牧看。杜牧一见，那上面写的都是类似的字样：某夕，杜书记过某家，无恙；某夕宴某家，亦如之……有千百件！几沓纸片全是"杜书记平善"之类的报帖。原来，牛僧孺一直派人微服跟踪、保护着杜牧，却又令属下不可打扰了这位才子。杜牧感激不尽，却又非常地不好意思，这等于是自己的不雅行为袒露在桌面。我在想，这杜牧日后不见发达，回长安后连工作也难寻觅，是不是与他在扬州的不检点行为有关？用现在的话说，有过劣迹的人不宜重用。不过，诗人毕竟是诗人，才情风骚都是本性，归根到底还是扬州城太繁华、太浪漫，诱惑太大啊！即使这般也不影响杜牧成为诗之大家。

　　杜牧离开扬州时非常难过，"蜡烛有心还惜别，替人垂泪到天明"就是他与红颜知己相对垂泪的情境。据说他所爱的女子中，有一名小女孩只有十三岁，生得轻盈袅娜，美貌赛过天仙，如二月里含苞待放的豆蔻花，令杜牧爱怜不已，称赞她是十里扬州城里最漂亮的女孩，那些珠帘后的佳人都不如她美丽多情。

　　风流是文人生命色彩中最重要的笔墨，今天我重游杜牧当年生活过的地方，心有微澜。再读杜牧《遣怀》一诗："落魄江湖载酒行，楚腰纤细掌中轻。十年一觉扬州梦，赢得青楼薄幸名。"我们能感觉到诗人的自惭和自嘲，更能感觉到他对扬州十年的自得，和对过往岁月的眷恋。

三

在扬州不能不看古运河，中国的历史有很长的一段就孕育在这里。去年国庆节期间我去淮安，首选的就是去大运河博物馆，我对隋唐期间这一盛事颇感兴趣。

古运河扬州段是整个运河中最古老的一段。早在师院读书的时候我就翻阅过资料，现在扬州境内的运河与2000多年前的古邗沟路线大部分吻合，与隋炀帝开凿的运河则完全契合，从瓜洲至宝应全长125公里。其中，古运河扬州城区段从瓜洲至湾头全长约30公里，构成著名的"扬州三湾"。这一段运河最为古老，可谓历史遗迹星列、人文景观众多。

公元前486年吴王夫差为了争霸中原，利用长江三角洲的天然河湖港汊，疏通了由今苏州经无锡至常州北入长江到扬州的古故水道，并开凿邗沟。后来，秦、汉、魏、晋和南北朝继续施工延伸河道。公元587年，隋为兴兵伐陈，从今淮安到扬州，开山阳渎，后又整治取直，中间不再绕道射阳湖。炀帝即位后，都城由长安迁至洛阳，经济要依靠江淮。公元605年，他下令开通济渠，工程西段自今洛阳西郊引谷、洛二水入黄河，工程东段自荥阳县氾水镇东北引黄河水，循汴水经商丘、宿县、泗县入淮通济渠，又名汴渠，是漕运的干道。公元608年又开永济渠，引黄河支流沁水入今卫河至天津，继溯永定河通今北京。公元610年继开江南运河，由今镇江引江水经无锡、苏州、嘉兴至杭州通钱塘江。至此，建成以洛阳为中心，由永济渠、通济渠、山阳渎和江

南运河连接而成，南通杭州，北通北京，全长 2700 余公里的大运河。

当然，说到大运河就不能不说隋炀帝杨广。记得当年在师院的时候就听说，扬州人不大愿意提及杨广，就像我们安徽三河人不看戏曲《小辞店》一样，心里有些怨愤。其实，历史对杨广的评价多少有一点偏颇，杨广对中国的历史还是有些贡献的。他不仅英姿勃发，文采风流，既能挥师出击，建功立业，还能写出像"寒鸦数点，流水绕孤城"这样的一流诗词。他的名声之所以很臭，不在于他杀害父兄，而在于他把大运河的修建当作自己游山玩水、逍遥取乐，并至荒淫无羁的程度。今天看来，大运河的修建，为打通南北交通命脉，繁荣国民经济起着不可替代的作用，可与大禹治水相提并论。

杨广也算得上是英年早逝，碰巧的是，埋骨扬州，我认为这

就是他的宿命。我们怀念杨广，不是怀念他以强大的专制力量让一个国家、一个民族做无以目标的牺牲，劳民伤财为统治阶级服务，而是怀念他开凿京杭大运河——不管当初他的具体意图是什么——为当时的经济社会做出了巨大的贡献，也使扬州成为声名远扬的淮左名都。因此可以说，在扬州的历史上，隋炀帝的影响，丝毫不亚于杜牧，不亚于朱自清。

四

当然还要去拜谒朱自清的故居。二十年前我就看到过教本上有这么一句话：朱自清，著名文学家、爱国人士，成长于扬州。

不仅在教本上，怕是连一个普通的扬州市民都能说出朱自清的许多故事来。他的作品文字质朴，蕴意深刻，有许多大家耳熟能详的佳作传世，像《匆匆》《背影》《荷塘月色》《春》等，给后人留下了不可磨灭的印记。朱自清先生六岁那年随家人迁居扬州，在那里度过了童年和少年时期。扬州秀丽的自然风光和浓郁的文化氛围，也在不知不觉中陶冶了少年朱自清平易的性情和向往自然美的情趣，这些都潜移默化地融入了他后来的诗歌与散文创作中。正如叶圣陶先生所说："他是一个尽职的、胜任的国文教师和文学教师。"

原本以为故居已经不在了，因为十几年前给我的印象就是很破旧的样子，随着城市化进程的推进，拆除或搬迁都是情理之中的事。当我按照老印象从皮市街深入进去，浅浅疑疑的感觉就随着窄窄的小街一直往里延伸。两边说不出怎样排列组合的房子，既有明清时期的古民居，也有民国时期的简易住宅，更有装修改造颇显现代元素的新楼房，让人体味不同时代的不同风格，体味影视作品中蒙太奇的效果。随着青石路平平仄仄的纵深，柳巷、流芳巷、兵马司巷，这些曾经印刻在脑海里的名字，带着明清笔记小说的气息，带着一段段参差的屋檐、一块块结茧青砖、一片片模糊的苔迹，缠绕我的思维。

当我真真切切看到"朱自清故居"几个大字时，似乎才相信，朱自清的故居还在，而且还是江泽民题写的牌匾。

这是一个典型的江南民居，属晚清建筑，庭院三进三出。宅子的核心处是天井，中间有带图景的石缸，缸脚处放了几盆花卉，自然而随意。边厢的书房里，阳光从雕花的窗格间渗入，零乱地铺在黑漆案几上，照着一本线装古书，半开半掩，半明半暗。太师椅上，老先生目不转睛，青瓷茶碗热气尚存，丝丝缕缕

飘出茶香书味。壁上有字画，识得画是郑板桥的风格，字却不晓得是哪位大家的笔墨？是文徵明或祝枝山都有可能。偌大的宅子寂静无声，阳光在雕梁斗拱间奇妙地组合、切换，历史的浮尘晃晃悠悠地缠绵于明亮的光线。我怀疑，少年的朱自清是不是就在这里饱读四书五经的？

　　人去屋空，陈旧的情绪如影随形。我想起《匆匆》一文中的句子："燕子去了，有再来的时候；杨柳枯了，有再青的时候；桃花谢了，有再开的时候。但是，聪明的，你告诉我，我们的日子为什么一去不复返呢？——是有人偷了他们罢：那是谁？又藏在何处呢？是他们自己逃走了罢：现在又到了哪里呢？"

相思汤池一片林

　　在合肥南五十多公里处的汤池有一片相思林，意境很是美妙。

　　起先，我一直以为"相思林"这名字是源于那首诗。"红豆生南国，春来发几枝？愿君多采撷，此物最相思。"可是，这片林子里并没有红豆杉，王维也没有来过汤池，若要说由诗得名就会有些牵强附会。我去过南昌的相思林公园，也去过闽南的相思林绿地，其园名与王维的红豆诗也没一点关系，之所以这么叫皆是源于地域特色，以及人们赋予景区美好的情感和意愿。

　　唐人徐凝写过一首《相思林》的诗，诗曰："游客远游新过

岭，每逢芳树问芳名。长林遍是相思树，争遣愁人独自行。"我不知道徐凝是不是来过汤池，这首《相思林》是不是就是写的汤池相思林，但我知道，"相思林"里可以没有红豆杉，"愁人"眼里是木皆为相思树。有道是，相思林里觅相思，梦语无痕两不知。

只是，游客至此，总要"每逢芳树问芳名"，这片奇异的林子究竟有何树？形似松，貌似柳，有白杨的枝干，有翠柏的叶须，刚柔并济，稀疏有度。导游告诉我，是泡柳。再问，"泡柳"

是什么柳？就无从细解。每一个地域都有其独有物种，叫法也随了乡间习惯，本地人听得懂的，外地人未必懂得领会，这就是特色。好在，置身于林中，舒心惬意，又有多少人追究其事物的本源呢？美的东西往往叫人如此。

体味的是心情。在这个初夏的雨后，坐在斑驳的树影里，同相思林一起保持缄默，听游戏林间的清风簌簌声响，捕捉天籁从树叶中悠悠筛落的音韵，怀念落雨的黄昏和寂静的河谷，想象或有或无的故事，心绪就像落入草径旁边淡淡的水潭里的阳光，波长浅浅，音律粼粼。抬眼望天，浮云挂在树梢，犹如天色被撕下碎片，氤氲的气息弥漫成林中薄雾，鸟雀牵起惊鸿一瞥，不是仙境胜似仙境。

沿林中小溪曲步延伸，草丛树间有许多栩栩如生的雕塑，细瞅，是十二生肖中的动物造型，个个寓意深刻，座座独具匠心，是点缀，也是小品，与相思林浑然天成。再往前，便是孔雀东南飞纪念祠。

"孔雀东南飞，五里一徘徊。"大凡读书之人都是晓得这两句诗文的，但却不是很多人都知晓焦仲卿与刘兰芝至死不渝的爱情故事就是发生在这里。站在沉积历史厚重的碑墙前，我读："汉末建安中，庐江府小吏焦仲卿妻刘氏，为仲卿母所遣，自誓不嫁。其家逼之，乃投水而死。仲卿闻之，亦自缢于庭树。时人伤之，为诗云尔。"心有千千结。

花木常被用来表示爱情和思念。"东西植松柏，左右种梧桐。枝枝相覆盖，叶叶相交通。中有双飞鸟，自名为鸳鸯。仰头相向鸣，夜夜达五更。"这幅美妙、神异的图景既寄寓了人们对纯洁爱情的期盼和对幸福生活的渴求，同时也挥发了人们对现实的不满和愤慨。于此，我又想到相思林这个名字，莫非就是源于这个

凄美的爱情故事？

历史不会定格在这堵碑文上。冲破封建束缚，追求爱情自由，是社会前进的脚步。"云中美人雾里山，立马汤池君试看，千里江淮任驰骋，飞渡大江换人间。"这是共产党人叶挺的诗句。这诗句响彻大江南北、江淮两岸，镌刻在相思林中最醒目处。距孔雀东南飞纪念祠不远，新四军江北指挥部的旧址庄严肃穆地矗立在人们的视线里。

是不是巧合无须论证，但新四军江北指挥部旧址和孔雀东南飞纪念祠同处相思林这本身就十分有意义。当年，新四军军长叶挺，政治部主任邓子恢等相继从皖南来庐江，组建国民革命军新编第四军江北指挥部，率领一大批热血青年奔赴抗日前线，为中国人民解放事业流血牺牲，不懈努力，书写出一部可歌可泣的革命史，其影响之深远，远远超出《孔雀东南飞》。欣慰的是，在相思林，在中国，孔雀东南飞的悲剧不再重演。

拜谒聂耳故居

　　说玉溪是座文化城，这与人民音乐家聂耳估计是有关系的。聂耳是玉溪人，20世纪20年代后期他初中毕业后，曾随母亲回到玉溪，并在此复习功课。同样作为文化人，我到玉溪后肯定是要拜谒聂耳故居的。

　　十五年前的一个周末，我去了那个叫北门街口的地方。这是一处繁华的商业区，沿街商铺林立，空中线缆纷杂，给人的感觉与聂耳故居的文化内涵极不相称。

　　聂耳故居是一楼一底式的木结构建筑，看上去已历经沧桑。我算了一下，聂耳住的时候距现在也不过70年，却如此给人以苍老不堪的样子，令人疑惑。待我把整个楼房仔细转了一圈后就明白了，原来临街那面楼下的半截砖墙已被拆除，换上了护板，上部为活动木板窗，打开后成了一个铺面。我的心立时也被打开了，空落落的，就像被挖去一段历史。屋子里乱七八糟的，塞满了居家过日子的杂物，以及混浊的生活气息。我想走，又不想走，只是对着街面楼下房檐上那半截依稀可见的浮雕图案沉沉地发呆。

1924年，求实小学学生音乐团与教师的合影
（前排弹三弦者为聂耳）

这个秋天我再去玉溪，十几年前的纠结依旧缠绕在心中，我不知道聂耳故居现在怎么样了？我担心，若按当时的情形发展下去，怕是早就面目全非了。可当地的一位朋友告诉我，绝非如此。前些年玉溪市政府投入1000多万元对聂耳故居进行全面的修缮和加固，并做适当改造，完善了视听效果，充实了各类资料，使之成为一处全透视景区。而且，

统一规划，将故居门前的路段设置为步行街，两侧房屋多以玉溪老城区民宅的样子装修，以青砖瓦、红门面、灰门头为主色调，取缔户外商业摊点，禁止设立广告牌，采用匾额、旗幡、宫灯等传统装饰，并以经营乐器、手工艺品、图书、文房四宝等文化品为主，营造一种与聂耳故居文化内涵相呼应的氛围。

我惊喜，便急着要去看看。朋友说，要看就去聂耳文化广场吧，玉溪市政府为打造文化名城，传承聂耳的文化精神，另选场所建立了一处很有文化内涵的纪念聂耳的系列工程，有聂耳塑像、聂耳图书馆、聂耳纪念馆，以及音乐广场和博物馆，很是壮观。

果真如此。置身广场，文化的气息扑面而来，如同在原生态的田园里观摩现代文化的诠释，聆听民族文化的交响。整条大路的行道树上，全部挂满红色的柿子，数万棵柿树沿着路，环绕着广场和大河，琳琅满目，奇异无比。蓝天碧水，笑语欢歌，诗情画意，犹如动感十足立体式的旋转大舞台。

　　驻足在两湖大瀑布前，我感到了一种震撼，这是来自一座城市的力量，更是来自一座城市的智慧。我去过很多的城市，也看到过许多的人造景观，但是能如此地把自然生态与先进文化有机融合并整体推进，从而作为一座城市的精神象征却是不多的。同样是这油绿的小叶榕、端庄的菩提树，以及亭亭玉立的翠柏杨柳，在这里都变成了灵性的生命，化为了生态的点缀，进而演化成一种意境。观赏着流动的水韵，凝视着绿草中寓意深刻的雕塑、小品，我体味到了水文化、地域文化，以及聂耳文化和民族文化的内涵。

　　和巨大的聂耳塑像面对，我感到了一种从未有过的心潮澎湃。那是《义勇军进行曲》在我脑海里回响，是成千上万人在歌唱，在呐喊！我仿佛看到浩浩荡荡的队伍前仆后继，继往开来。这偌大的广场像一座乐池，像一座长城，像广袤的国土！

　　历史也是一面旗帜。在聂耳广场，在玉溪，这面旗帜更显国歌的颜色。

流连麦积山

　　麦积山的自然风光绝不逊色于五岳，和黄山、张家界如同一脉。景区山峦起伏，奇峰罗列，形态各异，如麦垛，如石门，似罗汉，若天柱……天造地设，惟妙惟肖。山中森林密布，种类繁多，尤其是许多的白皮松，或悬伏于峭壁之上，或矗立于危崖之顶，银白多姿的树干，斑纹绚丽的树皮，加之盘根错节的造型，尽显这一古老树种独特的美学价值和超然的生命力，其视觉之美一点也不亚于黄山迎客松。麦积山峡谷众多，无处不水，溪涧、

泉潭、崖瀑藏于曲径通幽处。流水潺潺，飞瀑成歌，白云薄雾缠绕着林梢，如同有声有色的画图。还有众多的珍稀动物，如牛羚、大鲵、斑羚、林麝、猕猴、红腹锦鸡、鸳鸯等，它们与温润的气候，良好的生态环境，共同谱写麦积山的秀美与神奇。

然而，麦积山的人文景观似乎更胜一筹，许多来麦积山的人，除览胜，更为发现，更为参悟。山为人设禅，人为山徒步，多少年，山无止境，人无止境，留下一部部博大精深的史学精髓。

冯国瑞来了。这位被誉为"现代陇上文宗"的人，当时还属初出茅庐的无名之辈，且逢抗日战争年代，环境对科考多有不便。

是一个叫王鼎三的人为他提供了诸多的便利条件。他宿于当年杜甫流寓时的西枝村，距麦积山二十里，晨出暮归。此地花木扶疏，地甚幽敞，恰如杜诗的意境："山云低度墙。"

沿颍川河向东，入大峡门，过贾家河，于乱石间寻路而行。不知道当年杜甫是否也是走的这样的途径，他的那首诗所描述的情景是否就是这里？"野寺残僧少，山园细

路高。麝香眠石竹，鹦鹉啄金桃。乱石通人过，悬崖置屋牢。上方重阁晚，百里见纤毫。"

百转千回，方近了麦积山石窟的脚下，冯先生一抬头，便看到了东崖的三尊大佛，石胎泥塑，悬立崖面，观照大千。

佛的目光穿过浓秋茂密的树叶，在人间的上空低垂。冯国瑞引颈仰望，不甚惊奇，这是隋代的大佛，垂下的是隋代的目光。这目光和冯国瑞的目光相遇，便于瞬间穿越千年，剑胆遇琴心，兰心遇蕙质，惊鸿一瞥。麦积山石窟似乎还不知道，一位"发愿世尊前，誓显北朝窟"的学者，正欲把这千古奇观推向尘世。

夜色阑珊，冯国瑞全然不知，始终沉浸在发现麦积山石窟的喜悦和激动中。寒山幽凉，冯国瑞也物我两忘，遥遥与崖壁佛窗静意相守。有寺僧好心相劝，可冯国瑞却"烛跋酒酣，听雨信宿"。

正是这风餐露宿，冯国瑞有了《麦积山石窟志》。这是关于麦积山石窟的第一本专著，今日已成珍本，很多人都记得书中经典之句："西人盛赞希腊巴登农之石质建筑物，以为石类的生命之花，环视宇内，麦积山石窟确为中国今日之巴登农。"于右任阅后亦挥毫题联："艺并莫高窟，文传庾子山。"

我们随着张大千的目光审视麦积山，又是一番境界。

大师的形象本身就给麦积山增添了一份时代的沧桑。旧灰长衫，方颐长髯，炯炯目光，人声所至，遂有曲高调古之雅风。大师未画，已成一画。

大师站在石窟下瞻仰。也许谁也不曾想到，这位见透了奇山异岭、葱郁嘉木、飞天藻井、诸佛雕塑的人，居然对一壁石窟惊呼不已，遂掀髯长啸，声震山谷。大师深深地吸了一口气，似是要把整个石窟纳入视野之内，吸入思维之中。但他知道，一个人是不可能把一座山完全纳入胸怀的，你得领会，你得参悟，直至辨析出事物在瞬间的变化，以及蕴积其中的时光的力量。张大千洞察到了，他极力掩饰内心的震惊和激动，把所有的情绪都临摹在他的画里。今天，我们都能感悟到他的画所展现的那个永恒的变化过程，若有，若无，有在其外，无在其中。在大师的《游麦积山》里，我们就看见了这样的画面：没有洞窟，没有佛像，仅仅是一山、一庙，以及稀落的树丛。人在哪里？佛在哪里？山在哪里？然而就是这样一幅看上去十分平常的画面，却让一代代人震惊、惶惑，又无不深深折服。我们可以想象，大师那一双睿智的眼睛，看到的是麦积山博大的胸襟，看到的是石窟与生俱来的佛缘，他感悟到了麦积山的一种境界。

当然，感悟麦积山境界的人还远不止张大千，来麦积山的芸芸众生中，留有心得者不胜枚举。

英国美术史家约翰·弗莱明休·奥纳这样说，这里毫无疑问是世界上最伟大的艺术遗址之一。但这里不仅是艺术遗址，也是一处伟大的宗教遗址，有着美丽的自然风光。这是我们在中国所看到的最美丽的地方。那些著名的雕塑依然是那样楚楚动人，保存完好，构成了世界杰出的雕塑宝藏。

英国人号称绅士。绅士观之说之，其情其意不仅仅在这石窟遗址。

尼·克林杜霍夫是苏联著名的雕刻家，他来到麦积山石窟后惊呼，这是中华民族的卓越古迹！全部丰富多彩的塑像代表着艺术的各个不同发展的阶段。北魏和宋的雕塑在我看来是最引人入胜的，它们具有惊人的内心世界，极富表现力的构图和雄伟的形体。

"行经千折水，来看六朝山。"沧海桑田，不绝麦积山流连的脚步。

那年在峨眉山照相

　　20世纪90年代初，我还在教育学院上学，有一年的五一期间，我和另外一男一女两位同学结伴去峨眉山旅游。

　　第一天去的是金顶。听人说峨眉山的日出也很漂亮，于是我们清晨起得很早，带着饮料、熟食，以及防寒的衣服，随着稀疏的游人从旅馆徒步上山。

　　因为我们住的是私人旅馆，没有导游，没有专用车辆，而且道路又不熟悉，所以走到半山腰天就大亮了，远远地就看到东边的天空光芒四射，有人说，太阳早就出来了。前功尽弃，我们有些遗憾。但我们游览的兴致不减，到峨眉山也不是专门来看日出的，于是，便放慢脚步，开始真正意义上的登山之旅。当时我们所处的位置应该是在太子坪附近，周边的景象很美。层峦叠嶂，古木参天；涧深谷幽，天光一线；仙雀鸣唱，彩蝶翩翩；奇花铺径，别有洞天……此情此景，令人目不暇接，于是，我们一边向山顶攀爬，一边择地选景拍照。难得出来旅游，总得留下一些可作回忆的瞬间。事先在家就有了准备，那位姓陈的男同学找人借了一部照相机。

峨眉宝光

峨眉宝光又名佛光，每当摄身岩畔云雾弥漫，云层中幻化出一道七色光环，人面对光环，光环中能映出自己的身影，犹如面对明镜。

Holy Light of Mt. Emei

The Holy Light of Mount Emei is also known as Buddhist Halo. When the cliff of Sheshenyan belted by clouds, there will appear a 7-color ring resembling a mirror. You can see yourself if you face it at a right angle.

好风景，好心情，自然是要多照几张相的。当然是由陈同学主拍，因为照相机是他借的，只有他会摆弄这玩意，我们都是外行。选什么场景，取什么镜头，全由他一人说了算。遇到标志性景点需要合影时，就请其他游客代劳。他自个若想照，便先打开镜头，调好焦距，站好位置，教我们机械地帮着按下快门。

接近晌午时分，我们到了金顶。这里高山层云，景色壮丽，远眺数百里外的贡嘎雪峰，人有若仙般的感觉。我们如醉如痴，穿梭在人流和景点之间。有一做照相生意的人老追着我们，怪怪地笑，三番五次地拿起相机要给我们拍，说，收费便宜，立等可取，并给我们看样片。我们说自己有相机，不需要的。那人笑着说，你们的相机没胶卷。我们的陈同学立马愠言相回，瞎说。要不，就是胶卷没挂上，那人又追言道。不可能，我早上就安好了，陈同学又反驳说。不过，他还是本能地拿起相机看了看。

　　这倒是，我可以做证，一大早，他便在被窝里装胶卷。他借的是老式 120 相机，装胶卷需要避光。我不懂，看着他装。不懂的事不好多问，问多了怕被说无知。

　　那人拿过他手中的相机，打开后盖说道，你看，这胶卷是没挂上吧？

　　确实没挂上。这怎么回事？我们都有些迷惑。

　　是不是拍照中间脱了？陈同学自言自语，脸上有些羞赧。转而问，你怎么知道我们的胶卷没挂上？

　　挂上胶卷的相机按快门时有一小声的"咔嚓"响，你们拍照

时我没听到。那人指点迷津。

是啊，我们怎么没感觉？这下惨了，大半天的忙碌全白搭了。尤其是我们的那位女同学煞是懊恼。要知道，她是特讲究的人，每照一个景，爬高上低、登岩临壁不说，就那面部表情和身段姿势付出了多少？这下全白白浪费了，全被峨眉山收容了。

亡羊补牢吧，幸好下午我们去万佛顶。在这里，我们似乎要把上午的损失补回来，硬是把一筒胶卷拍个精光。

晚上回旅馆，已是疲惫不堪，都想早点休息。我先去洗澡，那位陈同学整理物品。待我洗完澡出来，陈同学沮丧地告诉我，下午在万佛顶拍的照片也不行。

我说怎么啦？他拿起放在床上的一筒胶卷，拽开，对我说，你看，什么都没……

天啦，你怎么能把胶卷拽开了，这不全曝光了？我诧异得不知说什么好。

我想看看下午照的效果怎么样？他两只手托着胶卷还舍不得放下……

南雁荡山小记

　　去南雁荡山是在仲秋的一个雨后。因为只有半日时间，所以，启程便有些脚步匆匆。

　　登山的路也像我的心境，很有些急促的味道。不过，沿途的风景却是逶迤纵深，随着海拔的递增越发地崎岖绚丽。我们首先来到东西洞景区。这里层峦叠嶂，怪石峥嵘，溪水环绕，清幽迷人。只见"石大窗"与"二仙对弈"两峰夹溪对峙，立于谷口，蔚为壮观。又进数十步，一爿峭壁拔地嶂天，光润平滑的岩壁上镌刻着"东南屏障"四个大字，颇有鬼斧神工之威。视线绕过峭壁，一座山峰犹如一道精美的彩屏，舒展在苍穹之下，苍莽之中"锦屏峰"巍然屹立。我惊叹，这阵势一点也不亚于张家界武陵

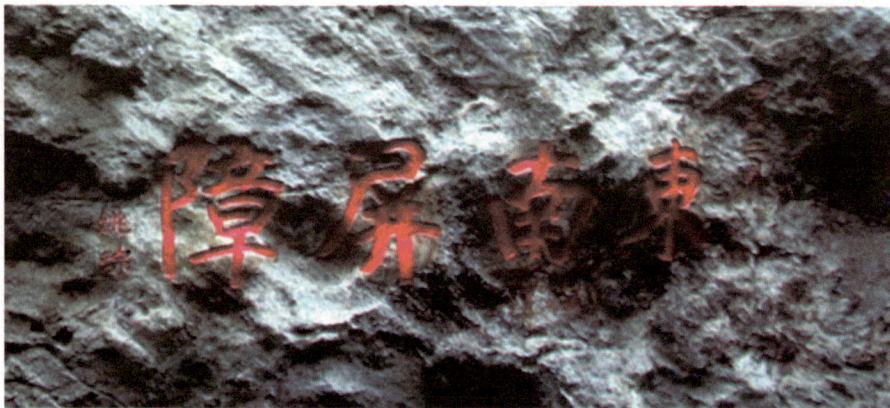

源上的峰屏"十里画廊"，甚至有过之无不及，在我没来过南雁荡山时我还认为只有张家界上的峰屏好。之前我看过宋人陈有功的诗句："百里周围雁荡山，石门天设不须关。"此时，我算是真正领悟了诗中的含义。我知道陈有功不算出名，即使"生平不肯负所学，高洁清风自凛如"，但留给后人的佳篇名句却不多，甚至知晓他的人都寥寥无几，可就单凭这一句就令人顿生敬仰。山因诗人声名鹊起，却不晓得诗人自此之后会不会也因山而名垂千古？

若说"锦屏峰"是天造地设绝无仅有那就错了，因为离此不远，一座更高更奇的峰峦直插云天，撑开我们的眼帘。这座峰峭拔雄伟，风光无限，峰腰间有一穿山而过的透明石洞，很像张家界的天门洞，异曲同工。但见白云悠然，飞渡洞口，薄雾如绸，缠绕四壁，好不神奇，好不惊险，给人以虚幻之疑。我知道，"云关"到了。

云关，名副其实的名字，我想，第一个身临其境的人真不亚于发现新大陆的哥伦布，第一个把它称作"云关"的人也不亚于氏族社会中那个起名的首领。石洞之外，绝顶盘旋，有一石梁飞跨两崖，宛若云中天桥，"云敛天窗现，关开月牖光"十个大字若天神附体镌刻于岩壁。时至雨后，浅虹乍起，云穿雾涌，倏忽万态，不是瑶台胜似瑶台。

在"观音洞"，我随众多虔诚的游客聆听着缠缠绵绵的梵音。这座以悬崖凹壁为主体的寺庙，雄伟秀丽，在苍莽之中宛若绿袍上的一块米黄色玛瑙。我一边听着讲解员在给游人讲朱氏仙姑修炼入道的故事，一边看着古木荫翳，清泉漱石，耳边似是回响唐人常建的诗句："山光悦鸟性，潭影空人心。万籁此都寂，但余钟磬音。"

我知道，南雁荡山是集儒、佛、道三教于一体的独特景区，

其中会文书院是浙江省保存最为完整的古代书院之一，是浙南儒家传统文化的典型代表，作为读书人不可不去。

会文书院曾是北宋时陈经正、陈经邦兄弟读书之处，这二人均受业于程颢、程颐门下，可以说是洛学传入平阳之始。后又有朱熹率弟子多人在此讲学，书院成了程朱理学在平阳传播的主要场所。一直以来书院文风久盛，近代苏步青先生也曾在此求学，在平阳乃至浙南文化发展史上具有重大的影响。我一直崇拜这位数学大师，大学选的专业就是数学。遗憾的是，错了年代，自己不曾见过这位数学泰斗。不过，听说苏步青是南雁荡人，颇感意外，兴奋之余便对眼前的一切又多了一份亲近和景仰，能在大师的家乡走一趟，也是一种荣幸。更让我惊喜的是，苏步青还在这里留下一首诗："华表双峰下，会文一院孤，滩声留过雁，楼影落晴湖。横笛人何在，飞雪看欲无。上方钟磬晚，烟树拥仙姑。"我相信这就是苏步青的文笔，因为这位数学大师的文采一点也不亚于他的数学天分，我曾经读过他的许多精美文章。

沿着大师走过的路，我来到最具险境的"一线天"。看着如同黄山鲫鱼背一般难走的路，我又想起苏步青的数论难题，只是不知道，走过这段路是不是就能登上理想中的"高峰"？

　　果然，一番艰辛的攀爬过后，无限风光在眼前。置身山巅，山峦起伏，绿色葱茏，云遮雾绕锦绣一片。视线随着溪床缠绕绵延群山一路远去，百里画卷向天的尽头缓缓铺开，而立于山顶之上，很有一种自己就是峰巅的感觉。

　　一直以为，北雁荡山才是"东南第一山"，殊不知，作为北雁荡的姊妹山南雁荡，其美、其险、其神奇一点也不逊色。

读诗入画钱江源

　　有这样一首诗，读了，就浮想联翩，常萦绕在记忆；有这样一幅画，看了，若身临其境，难走出轴的边沿；有这样一座山，去了，就意乱情迷，忘却一切世俗红尘。钱江源，集诗情、画意、情境于一体，有绝世的美妙，无比的神奇。

　　受友人之约，我去钱江源，正是仲秋的一个雨后，蓝天如洗，心亦如洗。"未到衢州五里时，果林一望蔽江湄。黄柑绿橘深红柿，树树无风缒脱枝。"我揣想，这初始的步履是不是和当年的杨万里如出一辙。

走在钱江源清幽的林中小径，感受脚下浸透着千年古韵，听觉里是唐诗宋词的平仄，嗅觉里是陆羽茶经中的香味。满目的青翠，滚滚而来，婉约而至，红黄等诸色跳跃其间，向深处蔓延。坡上，层林叠叠，遮天蔽日，清风环绕而去，留下隐隐梵音，让人萌生几分入山随缘的心绪。路下，绿茵绵绵，顺势而落，连起山涧潺潺溪涧，丝竹乐般的流水声尾随着鸟语阵阵传入耳际。前面有几处斑斑红颜，我知道那不是杜鹃和山茶的落红，这样的季节应该是枫叶在调色。侧耳凝目，还真的有叶片物化的意象隐现，这让我想起"破茧成蝶"的成语。

立于莲花峰，俯视来时路，才感透迤如蛇危岩险道；远观山外山，顿觉峰堆峦涌如波涛起伏。云雾缥缈如海上蓬莱岛，满目苍翠若天上蟠桃园，大气磅礴，动静相宜，不是仙境胜似仙境。

还身林海，又是一番情景，密密匝匝的树木，乱了东南西北。我去过长白山，这里的林木与那里有得一比。粗的，挺拔而上，仰视光影使你头晕目眩；细的，亭亭玉立，在狭缝中一柱擎天。一眼望不到边的林木里，有我熟悉的树种，亦有我不熟悉的树种。友人说，这钱江源木本植物有720余种，其中不乏南方红豆杉、长柄双花木、红楠等一大批国家一、二级保护植物。我惊诧，难怪有许多我不认识。

友人还说，钱江源之美美在生态，之险险在绝壁，之壮壮在飞瀑，之幽幽在涧潭，故而有九瀑十八潭之美誉。于是，我便急不可耐地想看江南第一瀑——际坑飞瀑。

"飞流直下三千尺，疑是银河落九天。"李白诗句写的就是这里吗？我知道不是，李白好像没有来过钱江源。当然，他生活的那个年代似乎还没有钱江源这个名字。但这无关宏旨，江南第一瀑布没有因李白是否来过而不显英雄本色。立于栈道，我和瀑布直面相对，万丈峭壁，银银白练，气势壮观，震慑眼睑。瀑布的雄姿，在于"似白虹饮涧，玉龙下山，晴雪飞滩"。瀑布的妩媚，在于一泻三折，犹如敦煌壁画上飞天女子的裙裾，飘逸舒展，风韵万千。真乃，悬水落成千丈玉，翠屏横截万里天。更加神奇的是那瀑前峭壁上有一如狮面虎嘴般的怪石，凹中有一奇树，枝简叶绿，犹如嵌进一只绿色的眼睛，坐视瀑后，虎虎生

威。我似是受了惊吓，把眼睛闭上，顿感额前飘有淫淫飞雨，某种欲望油然而生，耳边雷霆万钧，犹如万马奔腾，动人心弦。这样的场景，李白不来是遗憾，王勃不来也是遗憾，因为他的诗句"断山疑画障，悬溜泻鸣琴"与此处景观更加贴近。

《菜根谭》里有言："登高使人心旷；临流使人意远。"这钱江源似乎除了山就是水，大有把中国奇山秀水一揽怀抱的胸襟，似是要把世间寻幽览胜的人全都吸引到这里。

从此处到彼处，路路风情，处处惊险。沿途随处可见清澈小溪，险要处，便成叠叠瀑布。有轻描淡写的，有浓墨重彩的，可谓一瀑一景，亦诗亦画。我在想，是否就是这些瀑布、水潭、涓涓细流，最终汇成了长波浩浩的钱塘江，乃至波涛撼天的钱江潮吗？古人观钱江潮后留下许多诗篇名句，诸如"来疑沧海尽成空，万面鼓声中"一类。就连乾隆皇帝也作《观潮》诗："镇海塔旁白石台，观潮端不负斯来。塔山潮信须臾至，罗刹江流为倒回。"我不晓得这些名人雅士是否来过钱江源，是否寻求过钱江潮的源头？面对眼前的清涧细流，我努力想将两者联系起来。"不积小流，无以成江海。"也许是的，先贤们的哲思似乎在告诉着我们某种道理。

我自是要看看钱江的源头到底是什么样子，于是，随友人向莲花溪大峡谷奔去。

依旧是峰峦拥翠叠烟霞，飞瀑参差溅玉花，谷涧交错，茂林修竹，视线中宛如一幅明清落墨水画。行至不远，见一巨石，上刻"钱江源"三个大字，心狂喜，知是源头到了。细瞅，小溪仍旧连着上线，令人疑惑。而且，我见这"钱"字头上还多了一点。友人说，这字是乔石写的，他是有意而为之，意在祝愿所有的源头百姓和前来探源的客人们钱多一点，富裕一点。我有所悟，想

起多处风景名胜或古诗画中都有这样的例子。

　　无独有偶，在莲花塘，我又看到了字多一点的情景，著名书法家朱光田先生所题"莲花塘"三字中，"塘"字亦多了一点。我就想，这怕也是朱老先生祝愿游人生活如糖多多益善吧！不过，这回算是真正见到了钱江源头，只见莲花塘地下泉水汇聚而下，遂成溪流。顺着溪流，我似乎看到了浩浩钱塘江，看到了"头高数丈触山回"的钱江潮。

　　曾经在一篇文章中看过本地作家王旭烽说过的一句话，她说一脚就能跨过钱塘江。当时有所不解，疑是这女子说了大话。现在想来，真是警言妙语也！作家在特定的地方用特有的视角观察事物，是诗意的想象。面对钱江顶端纤细的身躯，我亦可以说出如此狂言。

　　孔子曰："智者乐水，仁者乐山。"在钱江源，无论是乐山之人还是喜水之人，皆能寻得一隅心境。因为这里的山是超凡脱俗之山，充满着诗情画意；这里的水是至清至纯的水，蕴积着真善美。我读钱江源，如同读王维的诗，我看钱江源，就像看董其昌的《高逸图》。钱江源一游，犹如读诗入画。

别有洞天一石莲

　　那个关于石莲洞的美丽传说，我二十年前就听说了，是宿松的同学告诉我的。或是因了这早已萌生的情愫，这个秋天一有机会我便去了宿松城西不远处的石莲洞。

　　初始的路原生态气息很浓，细碎的石子，不知被多少双脚印磨蹭过，所以我体味到了一种千年古韵。路两旁并不成规则的

树，各显苍翠，浸有秦风汉月的色素。奇石不多，却恰到好处地镶嵌在竹前松下，像唐诗里的小品，亦像宋词中的小令，可画可吟。空气中流淌着秋叶调色的香味，远远的甚至能看到或许还是春日里未曾干涸的落红。树鸟深深，啼叫浅浅，声线随着路的幽深而悠远。

转入长长的石阶，行至半山腰，便见到两棵古朴大树，盘枝虬干，天然成门。再加上周边繁茂的林木，突兀的巨石，通幽的感觉油然而生。我知道石莲洞到了。一瞬间，我的思维里渗入许多武侠小说里的情节，甚至物我两忘，神情游离在超凡脱俗的想象里。立于洞口，凝视"石莲洞"三个大字，眼前似是浮现罗隐挥笔书写的神态。我读过罗隐的诗："斜阳澹澹柳阴阴，风袅寒丝映水深，不要向人夸素白，也知常有羡鱼心。"很欣赏他借鹭鸶讽刺那些贪婪却又"此地无银三百两"者的笔触。可我不晓得向有"江东才子"之美誉的罗隐为什么要跑到宿松来？后来我查了些相关史料才知，罗隐是来此避难的。于是我便心生妒意，诗人真有浪漫情趣，避难也要寻一处风景雅致的地方。

入得洞内方知，石莲洞不仅是罗隐栖息修炼之地，也是五祖弘忍授法讲经之地，它还是八仙登临游玩之地。这就不仅是妒忌，还让我肃然起敬了，走起路来也多了一份虔诚。

洞里很是清润，似是蕴积着一种天人合一的能量，让我感悟到了石莲洞这座山的精气神。清露滴沥，钟乳倒悬，弱光下的洞壁俨然成画。带着"曲径通幽入洞天"的感觉行不数步，见一石台横置壁旁，台上镌"授法洞"三字和《五祖自咏》诗一首。距此不远，右折而下，蓦然回首可见洞顶石状荷叶栩栩如生，雾气蒙蒙，含露欲滴，于是顿生"石莲洞"是否来源于此的疑问。再沿"丹梯"俯身入内，恍若又是一处仙境，石乳生成的何仙姑、蓝采和、吕洞宾、曹国舅、铁拐李、韩湘子、张果老、汉钟离等八仙肖像，一个个神态各异，惟妙惟肖。真乃"石门通碧落，胜景接蓬莱。洞小乾坤大，仙禅篆印苔"。

　　据说罗隐和八仙曾经梦中相会。这源于石壁上那一狂草之"隐"字。有一日清晨，罗隐似梦非梦，恍惚中，忽见八大神仙飘然而至。罗隐向众仙乞求仙术，为首的汉钟离随即向石壁上手书一个大大的"隐"字以示之。罗隐恍然大悟，正欲拜谢，却一梦惊醒，抬眼一望，天色大亮，而那大大的"隐"字赫然在目。受到点拨的罗隐从此隐居此洞，吟诗作文，修炼仙法。至于后来罗隐是不是修成正果，史书上好像没有说过，但罗隐的诗文后来确是自成一派，造诣很深的。鲁迅就很赞赏罗隐的小品文，对他

有很高的评价。毛泽东似乎对罗隐也情有独钟，阅读《罗隐集》
时就留下许多的浓圈密点。而我却是十分地喜欢这首题刻在洞壁
上的《晚泊宿松》："解缆随江流，晚泊古淮岸。归云送春和，繁
星丽云汉。春深胡雁飞，人喧水禽散。仰君邈难亲，沈思夜将旦。"

　　"自有高人隐古洞，寻仙何必上蓬莱。"我想，这也是一种
哲理，世间许多的事物皆如此。然而，人终究是要走出洞的，就
像我们的祖先，走出了现代文明；就像罗隐，走出一条属于自己
的路。我们也要走出石莲洞的，因为洞外的风景依然很美。

　　出得石莲洞，便是"听雨亭"。环顾四周，绿意葱茏；极目
远眺，万壑群峰。脚下，溪流潺潺，鲜花点点，鸟儿啁啾，村姑
莳田。正是晴日，阳光从树林缝隙中照射进来，炫目耀眼。我没
有罗隐的那种奇遇，耳畔不曾响起清晰的雨水敲打树林的声音，
然而我却听见了泉弄银波，直泻荷衣古池那江南丝竹般的琴韵。
当然，我是不可能看见何仙姑那神姿仙态的，但我确确实实看到
了一妙龄少女于池边戏
水，伴之秋荷，亦是
意境美妙，叫人浮想
联翩。

　　顺着山径攀缘而
上，完全置身于一片丛
林之中。在宿松县城的
时候朋友就告诉我，现
在的石莲洞从广义上
讲，已经泛指"石莲洞
国家森林公园"了。由

河西山、罗汉尖、仰角尖、孚玉山等景区组成。园内山峰林立，苍松滴翠，秀竹娉婷，云蒸霞蔚。更兼有神态各异的峭壁、石林，以及稀有树种和珍稀动物，使"石莲洞"的内涵更广泛、更丰富。

这便更好，让我又重新认识了一个"石莲洞"。世上的事物大都如此，美的东西都是藏于奇景异境之处，就像是有了一件美丽的外衣。我认为，这偌大的石莲洞国家森林公园就是先哲圣贤

专为"石莲洞"点化出的一片仙境。我去过不少的名山大川，像泰山、峨眉山，以及黄山、九华山等，石莲洞森林公园虽不及这些名山出名，在高、险、奇上似乎也不能比肩，但石莲洞亦有石莲洞的特色和魅力。在河西山主峰，我就少有看到这样的景致：二郎河似一条银色的玉带缠绕山麓，自西向东缓缓延伸，秋颜十足，动静相宜，给人以无限的想象空间。它像版画，亦像摄影，遗憾的是不能把它搬上任何一座展台，让更多的人领略她的风情。主峰南侧有一石阵，像突兀赤裸的勇士，或立或卧，或侧或横，既神态诡秘，又威武不惧。

欣慰的是，今天，这驻守千年的石阵再无须严阵以待保家卫国了，强大的中华民族已傲立于世界之林。石阵，以及惊奇秀美的石莲洞，只需以更加壮丽的身姿，笑迎八方来客，一展中华之美，一展中华之威。

"曾说桃源古洞幽，谁知此地有丹邱。"伫立"望江亭"，读着石圣立的诗句，再看满山的"石莲"，我又想起石莲洞那个和观音娘娘有关的美丽传说……

圣地深处那片绿

去延安，不去宝塔山无疑是件憾事。去延安不去劳山，恐怕也是件憾事。地处革命圣地深处的甘泉县，劳山国家森林公园像一块翡翠，炫耀着黄土高原上别具一格的生态绿园。

随朋友徒步进山，是在雨后的一个晴日。走在浸透千年古韵的石径上，繁华和世俗渐渐退去，回归自然的情愫逐渐萌生。拂面而过的风中已不再有黄土燥热的气息，沁人心脾的是树叶调色的芳香。正是初秋稍长的季节，枫叶还未完全到二月花红的时候，枫林里正由点而面地进行着生命的物化演绎。有鸟儿啁啾，声声撩人，循音凝望，林深叶密不见其踪影。视线缠及处，花草寻蝶曼舞，奇石借势突兀，山峦跳跃在绿秀丛中。似有潺潺溪水自峡谷流淌出声音，隐隐的，丝竹乐般柔情。朋友说，是一场雨把山体激活了，蕴积了一个季节的能量都化成了玉液琼浆。劳山的水也是清澈甘醇。

我相信朋友的话。就在进山的时候，我看见了那座水似明镜的镜泊湖。虽不能用"落霞与孤鹜齐飞，秋水共长天一色"的诗句来描绘湖中景色，但一样的有闲云飞鹤，一样的浩渺烟波。站在湖边，满山的青翠跌落湖底，随微澜荡漾，沉沉浮浮。沿湖的柳荫小道，像是一条玉带，紧箍着湖堤严防湖中圣泉溢出。有偕子入湖玩船的人，于薄雾清波里横舟稍歇，那种淡雅，那种意境，一如清人笔下的水墨，动静相宜。

脚步越深，山的意味越浓，眼前有无数条沟壑在四处深入浅出。朋友带我穿越百米峡谷，惊险和刺激如影随形。峡谷上方，蓝天一线，浮云掠过，头晕目眩。有古藤缠绕，阳光穿隙射入，犹如无数把利剑刺将下来，光怪陆离，斑驳成影。出得峡谷，则是树的世界，人犹如置身江南茂林，或是迷入长白山界。棵棵参天大树，挺拔如擎天巨柱，遮天蔽日，主宰着一方土地。那最粗的一棵怕是有200多年的树龄，可称树尊，仰望树梢，顿生敬意。由于爱好文字的缘故，我是识得一些植物的，眼前我就辨认出这里除普通的山林之外，还生长着杜松、椴树、漆树等珍稀树木，真可谓天宝物华之地。劳山的树不要说在陕北是绝无仅有，就是在塞北江南也是有得一比。

到了千尺峡，又是一个岔口。我们左行，绵延数里皆是落叶铺就的小路，劳山的秋，不仅悬在树梢上，也缠绵在行走中。

千尺峡细长狭窄，多处仅可容一人通过，有一夫当关万夫莫开之诡异，行于此，冷风习习，耳边似有金戈铁马阵阵嘶鸣。这让我想起千年前的连绵烽火，想起著名的延安保卫战。而今，这里依旧青苔遍布，怪石嶙峋，壁立千仞，树密林深，却已变成一处绝佳的旅游览胜之地。我遥望晃动在树冠缝隙中的串串光圈，念悠悠之天地，思生命之渊源，抚今追昔，慢慢品味劳山这部绿色的历史。

这个上午，不是在松涛中漫步，就是在丛林中浅行，攀缘至子午岭，便想驻足稍歇。一条20多米宽的秦直古道沿着绵长的山梁穿梭而过，两侧，草木葳蕤，层叠而落，一直向峡谷纵深。远远地，看见一条河，如绸带，被风遗落。河谷，疑是成片的沙柳婀娜多姿，给人以诱惑。附近，更大片的杨树林许是人工栽植，横竖成方，错落有致。起步再走，不远处是一座古驿兵站，现存于林间的古窑残垣、拴马桩、饮马槽和平展的跑马梁，依稀可见。不过，历史的遗迹已被茂密的森林完全遮掩，社会不再需要马嘶乐鸣的悲壮场景，需要的是和谐，以及良好的生态环境。

立于劳山主峰，长风扑面，绿颜千里，群山起伏，层峦叠翠，山林把丘陵沟谷布局得层次分明，真有种"树树皆秋色，山山唯落晖"的意味。我不知道王绩

是不是来过劳山，但他这首《野望》中的诗句分明描写的就是劳山此时的景致。还有李白，他若是来到这里，绝不会只写"相看两不厌，只有敬亭山"两句，也许会留下更多的千古名句赞美相看两不厌的劳山秀色。

作为国家级森林公园，劳山实至名归。我说，劳山植被如此丰厚，景色如此美丽，是大自然留给老区人民的一笔宝贵财富。朋友说，是的。不过，老区人民在继承这笔宝贵财富的同时也在不断地创造，用智慧和辛勤汗水使劳山变得更加美丽，更具有时代色彩。

朋友就是甘泉人，正是受了他的邀请我才有了劳山之行。这一路上他并没有像导游那样滔滔不绝，我的感受主要来自我的耳目。可这会儿朋友却一反常态，像他写文章那般大段大段地向我介绍起劳山来。

朋友说，你还记得刚入山时看到的那片幼林吗？像这样的人造林在劳山有很多，只是如今有些已看不到人造痕迹了，阳光雨露和人工呵护已把它们梳理得如同自然生长的一般。近年来，劳山国家森林公园按照"以森林为主体，以自然景观和人文景观为依托，充分挖掘和利用现有的景观资源、科学规划、合理布局、适度开发，将其建成集森林观光、休闲度假、科普教育、文化娱乐等多种功能于一体"的原则，精心打造，使劳山变成延安版图上镶嵌的一叶绿肺，使劳山成为圣地深处的一片生态氧吧。

我听得入神，朋友说得开心。他继续道，如今，这里山水花草树木相映成趣，既具自然风光之秀美，又有人工雕琢之神韵，展现出一幅奇、秀、幽、野的立体画面。更有那四季不同的"春翡""夏翠""秋金""冬银"，构建起一处独特的自然景象和人文景观，凸显劳山厚重的生态底蕴。

传说，隋炀帝曾把他的爱妃薄姬葬于劳山东南坡，倘真如此，这位史上名声很臭的皇帝倒是有先见之明。因为，劳山地处圣地，已成为国家级森林公园，他的爱妃长眠于翠绿环抱之间，可与山岳长青。

走进武陵源

去张家界，是慕名其山。

初始的欲望大都无异。就像登泰山，就像登黄山，就像去桂林……于是，便有了一种奇想，这张家界的山比起其他，有何奇妙之处？

泰山，五岳之首，伟岸如同北方的汉子，威武至尊；黄山，誉盖五岳，奇秀如同江南之女子，妩媚含羞⋯⋯

张家界的山呢？

张家界多山。书载，这里奇峰林立，怪石嶙峋，涧水潺潺，树茂林丰，奇花争妍。五千座岩峰耸立在沟壑深幽之中，八百条溪流蜿蜒曲折于石林峡谷之间，万千株珍稀植物密布于云山雾海之处。不临其高，难释其疑；不入其深，不解其问；不探其幽，不辨其神⋯⋯而武陵源景区又集"山峻、峰奇、水秀、峡幽、洞美"于一体，实为解惑释疑之妙处，当为寻幽览胜之首选。

正是郁积此番情感我们走进武陵源的。

入得山门，便身临其境。远处，山影重叠，山色氤氲，云天在山峦奇峰中参差不齐；近处，峭壁千仞，岩石峥嵘，树木于千回百转处清新碧绿。仿佛，有一种诱惑在深邃处浮动，有一种声音于心灵里回旋。初入景区，大自然便赏给我们一个神奇的怀抱。

乘天梯，过涧桥，坐景区环保车，七拐八弯九、十里，便算是进入了天子山自然保护区。

园内设有观景台，惹游人争先恐后。伫立于此，奇石危峰尽收眼底。形如柱，貌如塔，神如笋，影如盘。深者则深，深不可测；耸者高耸，一柱擎天；密之可密，疏而不漏。钟秀千姿，雕镂百态。有屈子行吟，有姐妹私语，有夫妻情深，有众仙聚会、群娥起舞，有天兵出征、神将布阵。"石船出海"形如神似，那五指奇峰中，怎就有，巨型长方形石块位居中指之上，一棵武陵怪松长于其中，使得远远看去恰如一条大船从深处开来，在云海中漂浮？"五级神塘"讳莫如深，是想象？是传说？人欲问，山无声，只有那扑朔迷离的层峦叠嶂，给你一个形体语言。

这就是传说中向王天子归天的地方吗？

也许，谁也不能给我一个信服的答案。不过，于自然美景中融入一段人文传说，倒也不是什么坏事。反而，情景交融，徒添几分游兴。何况，身后真有故事在衔接——这便是奇景"仙女献花"。

还是那个王子的故事。那年，向王天子所部被官军打败，只好率残兵退守天子山。可十万官兵紧追不舍，不甘被俘受辱的向王天子与众将士临死不屈，血战七天七夜，终于弹尽粮绝，遂纵身跳入神堂湾……许久以后，一位深爱着向王天子的土家阿妹翻山越岭爬上天子山，寻找向王天子和将士们的尸骨。山风哀哀，溪水切切，青山掩忠骨。阿妹忍泪提篮，采集山花，撒向峡谷，祭奠冤魂。日复一日，年复一年，久而久之，阿妹被岁月凝固成像，熔聚成石，这便有了手执花篮，含情脉脉的献花仙女……

忽然觉得真有几缕异香从绿树丛中淡出。举目遥望，漫山遍野一片苍翠。身于何处，心系何方，悠悠灵魂离我随我？

依旧是在天子山，更有一处奇景，那便是"十里画廊"。

这是怎样的一幅巨卷呢？不身临其境，不能端其神。眼前，一处峡谷幽深狭长，深邃处似有汩汩泉声。峡谷两侧群峰凛然而列，造型各异，却携身成壁。那月沟岁痕，寄生花木，如神来之笔，使得偌大的峭壁组成一幅生灵活现的天然雕塑画。"奇峰争起闹长空，百态千姿造化功。秀谷清溪十里路，游人多少画廊中。"难怪雕塑家钱绍武称其为"一条天然雕塑杰作的群像陈列长廊"。是也，这悬挂在千仞绝壁之上，秀美绝伦的自然奇观，不可谓不是大自然鬼斧神工赐给人们的绝妙的水墨丹青。

也不能没有感悟。奇山秀峰无时不在点拨我的思绪：巍峨的山体有丰富的内涵，俊秀的峰峦有宽阔的胸怀，登山方知人渺小，观景才知心有垢。在此处，更能理解心胸豁达的含义，于这里，最能明白什么是虚怀若谷。

我在想，与泰山相比，与黄山相比，这张家界的山，是否也潜含着一种性别？

归步难舍。再回首，忽然顿悟，那一座座顶天立地的山峰，不就像一个个男人的生命吗？

二

世上的山，有以自然风光为胜，有以人文景观为长，能集二者于一身的不是很多，武陵源便是。

在黄石寨我们最能感悟这种自然风光和人文景观相得益彰的境界。

黄石寨也是武陵源的一个景点，而且是处重要的景点，有"不上黄石寨，枉到张家界"之说，被誉为风景区最璀璨的明珠。据说，这藏匿千年的深闺揭开红盖头是因了画家黄永玉。

当年，画家来此写生，那神奇、钟秀、雄浑、清新的原生态让他惊叹不已。看着那连绵重叠的峰仞，石缝间的山泉，幽谷里的浅流，悬崖处的飞瀑，红岩上的绿树，画家也发出唏嘘。于是，画家不仅在这里留下了许多的水墨丹青，而且奔走呼吁，着力举荐，才使得武陵源走出山门，走向世界。

我们登上黄石寨时，太阳正挂在一处峰尖，远远望去，景色别致的美。逆光处，七彩虚幻，空蒙中，雾影氤氲。此番境地，说不出有何等的玄妙，仿佛丛林深处，和孤崖洞里，有一双双清澈、深邃的眼眸，在温情地注视我们缥缈的灵魂。那眼神的背后，是一根超度心灵的魔杖，牵引着游人进入圣地，洗涤自己的心灵，做一回神仙。

六奇阁，居黄石寨山之巅，修建于20世纪90年代初，历史不长，却寓意张家界的山奇、水奇、云奇、石奇、植物奇、动物奇。登临其上，览群山于眼底，视孤峰于天外，意想扩大的盆

景，感觉缩小的仙境，好不惬意。

看了著名学者羊春秋的"名动全球，到此真堪三击节，势拔五岳，归来不用再看山"的赞誉诗句，我对"六奇阁是黄石寨唯一的一处人文景观"这句话顿生疑问。自然遗产和文化遗产原本就没有严格意义上的区别，人们大多是从时间概念上来定义的。像泰山、黄山似乎便是如此。如果说，仅仅只有不到二十年历史的六奇阁都能算得上人文景观，相比之下，那摘星台、双门迎宾便也能算得。

风景区开发初期，时任国务委员兼国家经委主任的张劲夫登上黄石寨。时值清晨，他信步走入一处顶部向南空悬，样子类似游泳池中高台跳板的石块，甚是惊叹。仰望天空，残星寥寥，俯瞰深涧，奇峰隐隐，于是，登石抒怀："千峰竞秀，万木葱茏，琳琅满目，美不胜数。虽非大上，不似人间，借以喻此，不为过也。"遂说："此石可谓摘星台。"

如今，张劲夫的诗变成石刻，矗立于路边。我在想，若干年后这算不算是一处和六奇阁并肩的人文景观？

还有"双门迎宾"。1995年，江泽民在登上黄石寨时，看到正南面有三座奇峰一字排开，形成两道自然天成的山门，透过山门极目远眺，可见30公里之外的武陵之魂天门山。而近处，天书高挂，玉印醒目，苍松翠柳，绿袖成嶂。江泽民情趣盎然，遂把此三座奇峰所形成的景观称为"双门迎宾"，意为一门迎接国内游客、一门迎接海外游人。立意可谓高也。

可以说这算得上真正意义上的人文景观了。假以百年千载，这珍贵的文化遗产或许会变成一段美丽神奇的传说。

还有那进山沿途的碑文石刻，无一不出自当代政客名人的手

　　笔，他们都和这张家界的山水峰谷一样，与天地共存，经旷世风雨，默默等待着生命新的纪元。

　　张家界现已闻名遐迩。我不知道是武陵源成就了张家界，还是张家界成就了武陵源？

怡情沂山

  原以为潍坊市的风筝闻名遐迩，殊不知还有一座沂山也相当
地出名。

  随友人上山是在一个周末。正是夏阳渐尽的时令，沿途的景
象也蕴积着季节的厚重，似是在传承着一种信息。依旧葳蕤的树
木缀满晶莹的花语，斜过来的光圈跌落在叶瓣上，调出暖暖的太
阳色。峡谷里丝竹般的风琴，幽远幽深，想象不出轻弹玉指的是

何处深闺？似有潺潺溪流漂走忘情女子的浣纱，扰乱这坡上且行且盼的回眸。

沂山，就是如此让人初尝怡情的诱惑。

梵音从法云寺的飞檐上隐隐传来，脚步进入繁木的版图。极目处，松林错落，叠加至深。低处赤松林，枝繁叶茂，翠绿若颜。苔草之类的草本，起起伏伏，缠缠绵绵，植被浑然天成。高坡多为油松，针叶铺盖，线状相牵，悄然成景。友人相告，这沂山上最年长的油松有 400 年树龄。又说，东镇庙里竟有 1200 百年不老松柏，恍若影像，撩人思绪翩翩。

名山藏古寺，这沂山上的寺庙当然也少不得一區深嵌底蕴的名字。法云寺，似曾相识，依稀记得山东嘉祥有，山西长治和汾阳也有，却不承想沂山亦有，这让人想起佛缘千里的禅语。不过，立于法云寺门前左右环顾，倒是觉得此处最有佛缘。东邻百丈崖，西连密林山，背倚玉皇顶，天造地设，气势恢宏，身临其境，便有"云深不知处，只在此山中"的感觉。古寺里，老树森森，松柏浓郁，肃穆而幽雅。尤其是那棵缠满丝带的古柏，犹如坐禅千年的神僧，令人高山仰止，望而却步。有一年逾古稀老者，默于树前，静若止水，呆目凝神，似是在和古树传递心语。久矣，蹒跚而去，一身禅意，癫而不狂。有知情者说，这老者的初恋之人多年前便是从这柏树下遁入佛门，一去无踪迹，空留下这常来常去的孤独身影……

多少凄美故事都是在这佛门与红尘之间延续。挣不脱的是情，洗不去的是缘。沂山，因了这忠贞却又无奈的情爱又让人多了一份神往。

静立在法云寺香气缭绕的宝殿里，心里多了几分入山随缘的情绪。虔诚仰望，心有微澜，那端坐的菩萨是否真的不闻山外的世事更迭，是否真的就避开人间的世俗情缘？也许，真的居了这山中，就能一味地将身心托付于山，"夫唯不争，故天下莫能与之争"。亦能如西方学者马来尼所说，燃起炭火将水烧开，只品茶的滋味；让园中的青草倒下，遂即跪拜；让风藤鸣禽孤绝，禅对一片空白……只是，世间真正能解其味的有几人？

静到深处有惊雷。就在法云寺旁侧不远，便是江北第一大瀑布所在地百丈崖。仰目凝视，山陡谷深，绝壁如削，如注的泉水若天而降，百丈三迭，飞溅成瀑。那悬空的白练，上挂云脚，下

牵深涧，碎阳里，水花幻化成万粒银珠。不知道李白是不是来过沂山，可那"飞流直下三千尺，疑是银河落九天"的诗句分明是这百丈崖瀑布的真实写照。然而，除了李白这百丈崖依旧有神来之笔："百丈崖高锁翠烟，半空垂下玉龙涎。天晴六月常飞雨，风静三更自奏弦。"立于悬崖中腰的仙客亭，依然能闻听那声震山峪、音颤密谷的水流雷轰电击，依然寒意骤生。于此，谁还会对崖刻上的诗句"百丈瀑布六月寒"衍生疑惑？

玉皇顶，沂山之巅，游客积步之缘。峰顶东侧有巨石探出，意想是登临观日出的好地方。此处距东海不远，若是择得良日，选得适机，想必那海上日升定不比泰山日出逊色多少。遗憾的是，不是每一个人都有这样的机缘于此一饱眼福，多数人只能自顾想象，让思维无限发散，求得虚幻世界里的至真至美。不过，能站在玉皇顶遥望群山层峦叠翠，感受逶迤莽莽的潮涌气势，也不枉沂山一游。何况，游兴之外尚有兼收，大岘山上的穆陵关犹如眼底，齐国古长城的遗址残痕依稀可辨，沂、沭、弥、汶四大河流断续于群山之中……壮哉！美哉！东镇沂山，人世蓬莱，实至名归。

于此，便能释然历代帝王将相以及文人骚客为何独对沂山的青睐。集自然风光和人文景观于一体的沂山是一幅记载沧海桑田的历史画卷：黄帝登临沂山，青史有据；虞舜肇州封山，赐名"东镇"；周穆王沂山封禅，留下地名"穆陵关"；汉武帝亲书"玉带溪"，宋太祖钦建"东镇庙"……还有隋文帝诏立神祠，开皇一统，唐太宗封东安公，保土安疆，史册长长，不胜枚举。

自古以来，山就是文人的思想田园。历代大家名士倾慕沂山，接踵而至。李白、郦道元、欧阳修、范仲淹、苏轼、苏辙，

以及明状元马愉、赵秉忠，清朝体仁阁大学士刘墉等均至此览胜，留下了大量诗章名句和碑碣铭文。"山静凝神气，泉高识道源。"这样的联句若不是身临其境，你是无法感怀的。

沈从文说过，凡是美的东西都没有家。从物质与精神层面的辩证统一来看，这似乎是有几分哲理的。置身沂山虚虚实实的演绎之中，不知道那千沟万壑，雾凇银花有没有家？不知道那晨钟暮鼓，朝阳夕雨有没有家？不知道那真草隶篆，树碑石刻有没有家？美在缠缠绵绵的修篁音阶里，家在寻寻觅觅的游人视线中，"生态沂山，怡情沂山"，这或许就是沂山赐予我们的最高境界。

天柱石语

    山是有语言的。每一座山都会用自己的形体语言，表述着它的情感，叙说着它的故事，默诵着它的深奥。尤其是去了安徽的天柱山，我对这种山的语言感悟更深。

    天柱山的语言是用石头说出来的。

    在我的记忆中，以石头作为主题元素的景点似乎不是很多，而天柱山正是一个例外。这得益于天柱山独特的花岗岩地貌，更得益于它地处于全球揭露面积最大、暴露最深的超高压地质变质带。因此，得天独厚的自然条件便使得天柱山的主体构件和外形饰色全都注入了石头的情愫，这就无怪乎石头能作为天柱山的语言器官了。

    于东大门至青龙涧的索道缆车上，放眼四望，满目怪石异形，危岩险象，随处都有龇牙咧嘴的石群朝你发出超出我们接受分贝的强微波语言，抑或伸出亘古不变的巨手，向你打着千百个世纪演绎而来的意象手语。是恶意？是善举？是惊诧？是喜乐？怕是没人能解读。不过，肯定的是，千百年来，这些穿越时空的言语一直就这样凝固在了这些石头的表面，任人揣摩。

    更让人难以揣摩和解读的是，天柱山的石头无处不幻化着人类和动物的相形，集雄伟险峻于飞禽走兽的神奇，写惟妙惟肖

于天下苍生的情感，演绎一曲天地和谐的神韵。你可以去看关隘处活灵活现的象鼻石，远闻兽中之王粗犷的喘息；你可以看峭壁上朝天昂首高歌的鹦鹉石，想象禽中精灵乖巧的学舌；你可以看半山腰里伸出两支触角向上攀爬的蜓蚰石，辨析爬行动物另类的嘶鸣……与此相得益彰的是，皖公神像神情凝重，大自然亿万年雕琢的印迹，就如同老人脸上风霜雨雪的刻痕，无声的言语正叙说着历史的沧桑；双乳峰羞涩掩面，母爱的本能让文明的乳汁汩汩有声；猪八戒背媳妇峰回路转，形随石变，俏皮的写意总让人想起电视剧《西游记》中那欢快的乐曲。飞来石上密布的道道纹线，犹如春天的细雨，淅淅沥沥；天柱峰底下一条条深深浅浅的沟壑，远远望去，像是一道飞流直下的瀑布，荡气回肠，声震峡谷。

初识天柱山的石头，便有如此的震撼。惊叹它的壮美，感想人生崎岖的风景；惊叹它的魅力，感想生活不可预测的过程；惊叹它的深奥，遥想命运的前因后果……

在神秘谷，我们和石头真可谓肌肤相亲。那仿佛是从天而降的一堆巨石，散落在峰峦之间，遂成一条华山之路。扭曲的缝隙，成就了一个蜿蜒向上连绵400多米长的奇特通道。从谷口进入，寻着光线，手摸脚踩都是黝黑的岩石。险要处，朦胧的视角和湿漉漉的触感，都能清晰地认可人工斧凿的石阶和防滑的刻

痕，以及头顶上用于攀扶的石凹。走过类似于"迷宫""龙宫""胖见愁""黄鳝背"这些幽深、险要、惊魂之处，真是不敢想象，若是没有前人冒着生命危险攀岩登壁、钻山打洞开掘出那些个系住游人生命的石阶和刻痕，我们怕是很难通过这神秘谷的。冷汗未热，惊魂未定，再回首，脚下已是万丈深渊。从那峡谷中传来的不仅有呼啸的山风，还有一阵阵铁锤敲击岩石的声音。

　　如果说，天柱山的相形石传递给我们的语言仅仅是一种意会，你或许认为这是一种牵强。当你走入三祖寺西侧石牛洞附近，便真正能体味出石头语言深深的文化底蕴。沿石牛溪往前，两边的石壁上留下了自唐朝以来200多幅古人的诗书作品，楷、隶、行、草、篆各种字体风格迥异，风姿灵现，叙说着天柱山悠久的历史和曾经的岁月。最为人记起的是北宋王安石任舒州通判

时游石牛洞所写一首六言诗的石刻："水无心而宛转，山有色而环围，穷幽深而不尽，坐石上以忘归。"今天读来，依旧古音环绕。谁说石头没有生命？天柱山的石头不仅有生命，还有文化与智慧。人以石为书，石以人为语，写一个前生今世，说一个天地共融。

天柱山因天柱峰得名。远看天柱峰犹如石笋拔地而起，直插云端。近前凝视，"孤立擎霄，中天一柱"八个大字耀眼夺目，摄人心魄。迎风伫立，侧耳倾听，似有一个远古的苍音飘然而至："天柱一峰擎日月，洞门千仞锁云雷。"哦，这是"诗魔"白居易对天柱峰雄奇景象的精彩描述！

走出天柱山，却走不出天柱山的伟岸、傲骨，走不出天柱山千年的书页，走不出天柱山石头永恒生命的注语。

安泰山上有遗风

　　去安泽，是因了荀子。作为我国古代伟大的思想家、政论家和教育家，荀子是我最景仰的先哲之一。他的诸多著作，比如《劝学》篇，里面许多经典名句我随口都能吟出。安泽是荀子的故里，我很多年前就想踏上这片古老而神奇的土地。

　　登安泰山，是因了朋友。这位安泽的文友怂恿我说，参观荀子文化园后，再登安泰山，俯瞰这片赋予先哲生命的热土和哺育他甘甜乳汁的沁河，你会有另一番收获。何况，安泰山本身就是国家级森林公园，很适合生态旅游。

　　徒步登山是件惬意的事。走在浸透千年古韵的石子路上，山风带起太岳腹地延绵而来的秋色，随着视线的走向，落入层层叠叠的葱茏之中。远峰若黛，山峦萌动，淡颜浓墨一如清人笔下轴中丹青，虚虚实实则像明末小说中的结构。枫红乍染，点片蔓延，空气里流淌着一抹调色的香味。还有汩汩和啾啾的声响，闻似天籁，在山的深处律动。我疑是有深闺浣纱，临溪窥容，沉鱼落雁乱了一湾清波。刹那间，芝兰缀岸，红花逐流。朋友告诉我，安泰山森林茂密，水源涵养极为丰富，崇山峻岭溪水长流，镌刻出许多千姿百态的秀美峡谷。

　　我感叹："积土成山，风雨兴焉；积水成渊，蛟龙生焉。"朋

友接道："不登高山，不知天之高也；不临深溪，不知地之厚也；不闻先王之遗言，不知学问之大也。"初登安泰山，便让我感悟为什么这处山水会滋养出《劝学》这样不朽的名作。

行至半山腰，四周层峦叠嶂，浓荫蔽日，习习凉风摩挲颈项。朋友说，这便是森林公园的主景区之一，植被茂密，种类繁多，飞禽走兽神出鬼没。不同季节、不同时辰会领略到不同的景致。我兴趣盎然，视线乱晃，好有身陷崇山峻岭之中的迷离感觉。朋友依旧滔滔不绝，那神态，那口舌，一点也不亚于一个职业导游。他指点江山，口若悬河："这里春季百草争奇，异卉竞蕊，暗香浮游，星罗棋布的怪石被绿颜半遮半掩。岩旁零竹稀疏，彩蝶飞舞，半盘山谷犹如仙境一隅；夏季松涛欢歌，胜似交响演奏。雨后溪水汇集，高处飞泉成瀑，洼处一潭碧波，远闻雷霆作响，近观游鱼穿梭，溪流百转千回向幽林深处汨汨而去；秋季硕果压枝，满山枫红，野果的金黄在青翠的主色调里犹如破茧成蝶。游人至此吟出：'停车坐爱枫林晚，霜叶红于二月花'的诗句……"

我笑，说这诗好像不是写安泰山的。朋友说，我知道。但杜牧的这首诗展现出的动人山林秋色图比拟这里却是再恰当不过了。我不知道杜牧是否来过安泰山，单从这首诗的意境来看，好像就是他身临其境临摹而出的。我信服朋友的话，这安泰山的秋景一点也不逊色于岳麓山那样的名胜，鲜活灵现，秀色可餐，采摘品尝别有一番风味。

朋友兴致不减，继续说，安泰山的冬季素净雅致，雪后银装素裹，冰柱雾凇奇形怪状，分外妖娆。雪压青松，晶莹剔透，整个山体犹如一幅国画精品。那些形似和神似的雪雕，动静相宜，赏给世人一片童话般的洁净……

我想起《天论》里的话："天不为人之恶寒也辍冬，地不为人之恶辽远也辍广，君子不为小人之匈匈也辍行。"季节轮回与生态之美无时不在教育着我们多展胸襟，多举善行。

"不积跬步，无以至千里。"这句至理名言我引用过多少遍了，今天在荀子的故里，在安泰山，再次背诵意蕴更深。随朋友登上1000多米的山之巅，顿感天高云淡，视野千里。两侧，峰峦起伏，若即若离，向侧翼深处绵延；往下，绿颜依势缀满山坡，落入人烟稠密之处。沁河，犹如一条锦罗绸带，生生不息而来，又滔滔不绝而去，穿过群山沃野，稍带晨曦暮色，一路碧水欢歌。可以想象，沁河锲而不舍的走向就是安泽人矢志不渝的希冀。

都说名山藏古寺，去过很多地方，大多如此。安泰山不算顶级名山，但也随了俗套。从山巅西下不远，就有一座庙宇，朋友说，当地人称它为娘娘庙。这名字不好听，不像泰山、九华山上庙宇的名字典雅、大气。前来烧香拜佛的人也不是很多，香火不

盛，有些冷清。与娘娘庙平行的正北面，还有座老君庙，不过目前已不复存在，见着的只是庙宇的遗迹，想象不出当年香火是盛是衰的样子？我诧异，安泰山这样的景象与其他名山相比似乎有些特别。

朋友说，这不奇怪。安泰山是诞生荀子的地方，荀子是伟大的思想家，崇尚的是儒学，而儒学和佛教长期以来是相互抵触的。因为儒学是关于人的学问，而佛教则是关于佛的学说。儒学的主旨是谈人，谈人的本性，谈人的修养，目标是教人成贤做圣；佛教则不同，所宣扬的一切都是"佛"，包括佛的本质，人的佛性，如何成佛等。荀子在继承前期儒家学说的基础上，建立起自己的思想体系，发展了古代唯物主义，成为一代大儒。他坚决反对信仰天命鬼神，肯定自然规律是不以人的意志为转移的。正如他在《荀子·荣辱》中所说："自知者不怨人，知命者不怨天；

怨人者穷，怨天者无志。"

　　我似有所悟。但令我欣慰的是，安泰山下还保存完好的抗日战争时期太岳军区党委旧址、太岳行政公署旧址、朱德总司令与国民党军军长武士敏谈判划界分治旧址、太岳行政公署第四专署旧址，以及邓小平亲自发动指挥浮翼自卫反击战指挥所和主持召开石槽会议的旧址。如今，这些旧址都成了革命传统教育的重要基地。从这个意义上讲，安泰山不仅是一座秀美的生态森林公园，不仅是孕育一代儒学大家荀子的故里名胜，更是一座记载着一段中国革命发展历程的英雄史碑。

不知名的夏砾山

　　这座高不到200米的夏砾山就突兀在巢湖南岸的庐江县境内，远远望去，像一头牛俯卧在田原上。有人说，这里也是大别山的余脉，和不远处的冶父山、龙池山一样，根系相连，同一个走向，我不晓得有无科学依据。

　　登夏砾山是在一个周末。因为常常在学校的楼台上眺望山体的颜色，像春天的青绿，冬天的褐黄，雨后的清晰，以及夕阳下的朦胧。还听说山顶上有日本人留下的战壕和碉堡遗迹，所以早就有亲临现场的念头。

　　东山麓的小道，是典型的山中小径，不曾开发的原生态，走在上面，没有一点寻找风景的感觉，像是回到了放牛寻草的年代。路两旁多为杂树，不能用森森、寂寥这样的词语来形容，不过还是有一点让人归隐山野的意味。奇怪的是，在一个拐角处，并排生长着两棵香樟树，弓腰搭背，很像是一扇天然的门径。于是就想，山不在高，有门则行，进得山门，就算是进入了另一种意境。

就在半山腰处，我看到了一些残垣断壁，看样子是很久以前的墙根。雨渍，苔印，岁月吻痕，陈旧黯淡，一如我想象的样子。只是不知道，这是不是当年日本人留下的罪证？也有可能是当地村民早年间看山的旧屋废墟。时间在流逝，许多东西不是刻意保留下来，记忆就有了一些缺失。不过我倒是希望，历史的东西只要有价值，有教育意义，就应该保护

起来，不仅仅是保留一段记忆，同时也是保留一段岁月。

　　山顶上确实有壕沟，很长的一段，尽管不像人们描述得那么清清楚楚，但明显是能看得出来的。山脊上少树木，多荒草，长风扑面，有时空幽深的感觉。离壕沟不远处，碎石乱地，残垣若现，我想，那就是日军碉堡的所在地吧？我凝望着，眼前浮现出一堵沉重的墙体，以及黑洞洞的枪眼。我的心里，翻开一页历史。

　　南京沦陷后，日军一路西进，1941年3月占领盛桥，在夏砾山上挖战壕，建碉堡，修筑工事，驻扎着一个中队的兵力。他们和庐江城里的日军相互策应，对周围一带烧杀抢掠，使盛桥人民受尽残害，苦不堪言。平日里，他们躲在山顶的碉堡里，居高临下，日夜窥探着四周数十余里内村庄的动静。夜晚发现哪里有灯火便向哪里放冷枪，白天发现哪里有人群便向哪里开炮。在日本人占领盛桥的三年时间里，有许多的老百姓无辜地惨死在日军的冷枪冷炮下，有不计其数的粮食、牲口等财物被鬼子掠夺至山顶，甚至运往他们的本土。

我的家乡是距夏砾山30多里路的白石山，小时候常听大人们讲，抗战时期日军多次来扫荡，吓得河这边的人都往河那边跑。白石山没有驻扎日军，想必，这也是夏砾山的日军为非作歹所造的孽。

那段日子，夏砾山成了压在这一带老百姓胸口上的一座地狱。

当然，抗日的烈火也在夏砾山周围四处燃起，中国军民充分利用这里熟悉的地形开展着抗击敌人的战斗。其间，以张家英为首的庐北游击队就曾在夏砾山脚下打过一场漂亮的伏击战，打死打伤不少日

日军在盛家桥的暴行

1941年3月30日，日军侵占盛家桥，围兵于盛家桥街、止马岗、夏砾山、塔山等地，总部设在夏砾山。4月份开始，日军大拆民房，大修军事营房，强拉民夫修筑碉堡等防御工事。先后拆毁盛家桥当坊、羊家祠堂、沈家祠堂、东岳庙、杨家山、栖凤岭等处民房近400间，在夏砾山建造军事营房100余间，在塔山、羊山、老王岗修筑碉堡3座，夹山周围5公里的林木惨遭砍伐。1943年7月7日，日军溃败，撤离盛家桥。

日军自1941年3月侵占盛家桥，到1943年7月7日溃退，历时两年零三个月，盛家桥人民受尽残害，苦不堪言。在此期间，日军成立"自治会"加强对老百姓的统治；开设商行囤积货物、高利盘剥；开办慰安所，强迫5名青年妇女专供日军淫商，经常在沈家山等地路口拦路抢劫，奸淫妇女。大面积种植鸦片，开设烟馆，毒害百姓，许多吸食鸦片者倾家荡产、卖妻鬻子；强拉民夫无偿劳动，勒死、刺死、枪杀、炸死村民24人，打伤村民无数，烧毁村庄10个，烧毁、拆毁房屋近1000间，烧毁不物无数，拉走耕牛、肥猪等牲畜占百头，140余户800余难民流离失所，无家可归。

军。至今，老百姓口中还常常说起新四军游击队许多可歌可泣的英雄事迹。夏砾山南麓抗日阵亡将士群冢树起的就是一座历史的丰碑。

1990年5月9日，日本访古团一行13人来到夏砾山进行访古活动，其中有当年战死在夏砾山的日本军人妻子。他们俯首作揖，对夏砾山表示深深的忏悔。

孤山无语，只有连绵的草木发出一阵阵低沉的叹息。追溯难忘的岁月，铭记一段家国历史，夏砾山就是一座无字之碑。

夏砾山原本就不知名，也没有因为山上的战壕、碉堡以及山南抗日阵亡将士群冢而知名。斗转星移，夏砾山依旧默默俯卧在巢湖岸边这片广袤的田原上，陪伴和滋养着一方百姓。

妙峰山上枫叶情

  去北京是为了找林霞。秋意渐浓，但还没有到冬令的时节，我没在电话上说而是亲自来一趟，就是希望林霞能体谅我的诚意，随我回去。我说，县城正招聘一批代课教师，这是个机会。林霞依旧不愿意，就像当初学校毕业时那么执着。她说自己在门头沟的这家企业做得很好，这也是个机会，一定能学一门技术。

  我回来的前一天，林霞说陪我在北京转转。我说，那就去香山吧，听说香山的枫叶很出名，这时节正是观赏的时候。林霞说，看枫叶无须舍近求远的，这里的妙峰山枫叶其实比香山枫叶还要好看。香山红叶的红色覆盖率不到 20%，而妙峰山的红叶覆盖率则达 85% 以上。而且妙峰山的风景一点也不亚于香山。

  走在青石板铺就的清幽山径，脚步浸满千年古韵，浓郁的草木及花的原生气味随着山风一浪浪地扇动着人的嗅觉。还有阵阵梵音隐隐约约，让人有

一丝入山随缘的感觉。林霞说，妙峰山是明清时期北方民众的信仰中心，山上庙宇众多，前来焚香拜佛的人很多，至今香客不断。

我一边听林霞说话，一边扫视着眼前这面山坡。虽然还没有到达山巅，但山的意味已经很浓，尤其路两侧的植物，屏障似的层层叠叠。松林、杏林、黄栌，还有乌柏树等，万叶斑斓，风姿绰约，每一处都能入诗入画。在窄窄的阳光下，一株株的枫树由点及面，由近及远，由浅到深，层层跃入我的眼帘。在绿的背景下，那枫叶若天女撒下的红花，遗落在不同的角落，不同的层面，或铺，或堆，或悬……偌大的山体，就像一个调色盒，嗅嗅，鼻息里都有颜料混合的香味。我很是兴奋，忽地想起杨万里的诗句："乌臼平生老染工，错将铁皂作猩红。小枫一夜偷天酒，却倩孤松掩醉容。"我不知道杨万里是不是来过妙峰山，他的这首《秋山》分明就是由此处美景临摹而来的。

恋着一路的景色，顺着满山的红叶，我们登上了玉皇顶。这是妙峰山的最高处，奇风异景，美不胜收，置身其间，如进仙境。巡目遥望，山场广阔，野谷深幽，林木繁茂，万千气象蜂拥而至，人渺小得像一棵树，人亦高大得像一座峰。尤其是四周的峰峦，或一柱擎天，或突兀如盘，或携手比肩，各有各的险象，各有各的风情，次第而立，雾缠云生。我看过黄宾虹的山水作品，他采用黑、密、厚、重的运笔手法，使其画有一种气势磅礴、惊世骇俗的风格特点，还有山川层层深厚的立体感。此时，在我的视线里，这些表象和意境应有尽有。我疑惑，自己莫不是在看大师的国画图吗？

我惊叹！林霞忽然说，你不是喜欢文学吗？我出个上联你对对。我看着她一字一句地说道：妙峰山上山峰妙。

我一听怔住了，一时语塞对不上来。这是一句回文联，顺读倒读都是一样的。

林霞见我尴尬，就转移话题说，先看风景吧，想起来再对。

风景确实好。遥看连绵起伏的山体，绿颜色做底色，红颜色是主色调，其他颜色为点缀，俨然是意象派画家的神来之笔。我还是头一次看到，枫叶的红色竟然有如此大的力量，能够让整个山坡都亮起来。那一层层、一块块、一线线，枫叶的色彩旗帜鲜明，毫不避讳，张扬至极。有的是由表及里，有的是由内而外，有的是迂回簇拥，连阳光都不吝惜重重的紫外线。我也是第一次

感到，枫叶的魅力竟然有如此大的诱惑，让满山的植物心甘情愿地为它作陪衬，让一个季节循环往复地为它腾出空间，让远远近近的人年复一年地慕名而来。我想，这大概就是美的功效吧。

林霞说，香山的枫叶固然好，但比起妙峰山来却有所不及，只不过是香山的枫叶知名度高些罢了。这里的枫叶每一树都别具特色，你看西山底下那片，多像一片斑斓的晚霞啊。

顺着林霞的指向，我看到了一片几乎毫无杂质的红。不过，我更愿意想象那是一片春天的落红，隔着季节都能感觉到幽幽的清香。难怪自古至今多有偏爱枫红的人，我真正理解了，杜牧为什么"山行"至晚依然停车，那红黄绀紫、诸色咸备、笼山络野、独绚秋光的枫林红叶，会让每一个人都流连忘返的。

林霞说我们就去那里。正合我意，于是，择路前行。

真的走进那片红色的世界，却又有些失落，因为感觉比这更精彩的依旧在山的那一边。林霞说，这就是妙峰山枫叶的妙处，满山是红叶，到处是风景，目不暇接。

近处看枫树，也是一种享受。树干有粗有细，像一个家族的成员。树冠皆是铺着撒开，似是有意让叶子出尽风头。叶片与人的手掌大小相近，很有几分拟人的味道。叶柄生得细长，很易招风，所以，我听见了枫叶发出的窸窸窣窣的声音。我不懂枫叶在说什么，不知道是不是在欢迎我这个远道而来的客人？抑或是在询问我有什么心事？

我捡起一片刚刚飘落的枫叶，有沉沉的感觉。枫叶原本是枫树的一部分，而这个季节却无情地把它们分开，让人的心绪里多了一份无奈。记得《西厢记》中有"君不见满川红叶，尽是离人眼中血"的句子，这就有些凄婉。

林霞见我情绪不佳，许是知道我的心事，就说，你还记得余邵的诗吗？接着，她轻声念道："红枫似火照山中，寒冷秋风袭树丛；丹叶顺时别枝去，来年满岭又枫红。"

我记得。不过，我不知道林霞此时念这首诗的意思。仅仅为这片落叶吗？

林霞走近我，指着一棵特别的枫树说，这是一棵红叶枫，从树干到树叶都是红的，它不会因为季节和环境的变化而改变自己的品性。说着，林霞从地下拾起一片红叶，递给我，说，我的心就像这片红叶。

我凝视着那片红叶，思想着林霞说的话。忽然，我惊喜地叫道，有了！

林霞问，什么有了？我说，你的上联我对出来了：红叶枫下枫叶红。

林霞亦是惊喜，说对得好。然后接着说，你把这片红叶制成书签，什么时候叶片干了，我就回去。

我懂了林霞，期盼她早日学成一技之长回家乡发展。我引用陈毅的诗句表达自己的心境："请君隔年看，真红不枯槁。"

林霞笑了，笑脸像满山的枫叶。

普陀山的境界

　　赫拉克利特说，人不能两次踏进同一条河流。于登山而言，是不是亦有相同的哲学道理？再次去普陀山，意念中总是在寻找旧时的印象。比较，常常是人最活跃的一种感性思维。

一

　　秋日的普陀山，依旧凸显着绿的主元素，只是这些绿，连绵成瀑却静默无语。感觉上应该有声音的，是那种淫淫如歌的声音，伴有晨钟暮鼓的节奏，令人超凡脱俗。但是没有，流动的郁

郁葱葱，像流动的朝圣队伍，全都融进了禅的背景中。沿着浸透千年古韵的石阶虔诚前行，觉得那些似曾相识的画面全都被调到了静音。

我就是在这肃穆的气氛中来到南海观音像前，仰望着，双目垂视，眉如新月，神韵尽出的观音菩萨，我想，她肯定也是不想打破这无声似有声的禅静氛围。随着菩萨的视线，我面朝大海，眺望海水尽头的洛迦山，感悟到了铜像与海的和谐，与山的统一，感悟到了菩萨正在用手语向世人布教。于是，穿越尘世的繁华喧嚣，抵达这荷花盛开、与世无争的佛国净土的心境油然而生。

与铜像相对，忽然有一种感觉，这尊观音像似乎有着普陀人的气色，擎天傲骨，亲和慈善，还有江河日月般的淡定。无论你是初来乍到，还是数次登临，菩萨普度众生的胸怀，便让你有宾至如归的享受。

脚步渐深，薄雾氤氲，入山随缘的意境渐浓，我终于听到了一阵梵音悠远而来。我在想，清高脱俗是佛境界，四大皆空是佛境界，包容天下也是佛境界，像我这样的凡夫俗子怕是无法进入这种境界的，我只能仰望，只能感悟，修得一份清心。从山巅流淌而下的宝刹钟声绕着我的耳鼓又向瑟瑟而动的林中弥散而去，沉雄的音律，敲下路边的几片落叶。我小心翼翼地拾起那片俯身着地的半黄叶片，感觉到了一份蠕动的重量。钟声落在秋天的林木里，衍生的不仅是一种交融，还有一种生命的孕育。曾经走过许多落叶的林道，感觉这普陀山的落叶最是超脱，最虔诚。我循着钟声望去，期待视线里有更多的飘落，为我洗礼，让我带走这佛的境界里沐过的净品。

石阶青滑，似有佛光映照。我很想寻找十年前自己留下的足迹，但只能是意念，接踵而来的游人和香客，以及驻守和云游的僧人及道家，一遍又一遍地膜拜着这条山径，禅心和虔诚已堆积成茧。两边有稀疏的竹影，还有春夏遗留的落红，岁月的痕迹层层叠叠，这不禁让我停下脚步，看一看前路越走越高的背影，看看身后连绵而至的胸襟，不同的神态，相同的祈求，一条通往山顶的路，承载着时代，延续着千秋。

伫立在普济寺厚重的朱漆门前，我首先想聆听一种脱胎换骨的声音。相传这里是观音修炼成佛的地方，应该是有余音绕梁的。我知道叫"普济寺"的庙宇很多，山西的五台山有，福建的永春县有，海那边的台北市亦有。有些我去过，感觉除了香火盛衰不一外，其余并无多少个性特色。应该说，普陀山的这座普济寺最有名声，不知这是否和观音菩萨有关？不过，就其规模和盛况而言，这里也确不负盛名。

带着十年前的感觉我再次寻看，不变的是恢宏气势，肃穆庄严，变的是底蕴又深，香火更盛。在参天古木的遮掩下，庞大的庙宇群如天上云雾缥缈中的宫阙一般隐隐约约，遮遮掩掩，幽静而玄奥。大圆通殿是普济寺的主殿，殿面重檐歇山，黄琉璃顶，九踩斗拱，门心板雕二龙戏珠。殿内正中端坐着全身金黄的观音菩萨，慈祥含笑，身边站立的门徒善财和龙女，神态亦是天真活泼。我知道，圆通是观音菩萨的别号，这殿堂用了"圆通"二字，便让人顿生景仰，如同入了一种境界。

山无止境，人无止境，佛界更无止境。在普陀山的顶峰佛顶山，我感觉到了海天的博大和凡尘的渺小。和普济寺相比，建在普陀山最高点的慧济寺就显得微小。这也许就是普陀山最值得体味的地方，越大越深邃，越小越高耸，这是一种辩证法，也是一种人生的境界。好一处别有洞天的境地，一座座拔地而起的石峰巨岩，如刀劈斧削一般，雄奇险峻，嶙峋突兀。它们不像庐山那样郁郁葱葱，繁杂过度；也不像华山那样徒有石壁，过于单调。这层层沉积的岩石叠成整齐的山，无论是悬崖峭壁上，还是深谷幽壑里，都恰到好处地点缀着片片树木，如帘如藤，虚虚实实。就是那簇簇野草，也仿佛是水墨泼在了上等的宣纸上，浸润、渲染，自然成画，百般的怡情。

有苍鹰在岩下盘旋，翱翔在海天之间，墨绿之侧。

二

在普陀山，我感悟到了一种中庸的情愫。这不仅是因为普陀山久负"海天佛国"之盛名，还因为它兼有"观音道场"之美誉。

佛界加上道场，佛道合一，这正是中庸的儒家思想体现。于是，广纳和包容便成了这座"浙东门户"的名片。所以，我们在普陀山不仅能欣赏到江南的婉约细腻，也能领略到北方的粗犷豪放。寻觅历代帝王将相和名人雅士的足迹，我能推想普陀山将江南的婉约和北方的豪放汇集于一身，将江南的细腻和北方的大气融于一体的文化根源。

我读过陆游的那首《海山》："补落迦山访旧游，庵摩勒果隘中州。秋涛无际明人眼，更作津亭半日留。"于是知晓陆游曾经来过普陀山的。陆游是有抱负的文人，但仕途总是坎坷，沉浮不定。淳熙十年，在他又一次被罢黜时，来到了普陀山。四面环海的普陀洛迦，真是像梵语音译的"美丽的小白花"那般，幽静、安宁，让人恬淡。他沿循着安期生、梅子真、葛稚川修炼的足迹，领略着王勃笔下"南海海深幽绝处，碧绀嵯峨连水府"的意境，全然忘却了官场上的恶疾和生活中的烦忧。"岂无一布帆，寄我浩荡意。会当驾长风，清啸遗世事。"

普陀山是有灵性的，一炷香，一个祷告，或许就能改变一个人的命运。此次普陀山之行不久，陆游便再次被孝宗起用做了知州，而且在短短的两年任内，政绩颇佳，深得拥护，被百姓立祠纪念。于是，他在耄耋之年再游普陀山。我认为，这是一趟感恩之行。可以想象，雨后的陆游，浮舟海上，顺潮而呼："羁游那复恨，奇观有南溟。浪蹴半空白，天浮无尽青。吐吞交日月，澒洞战雷霆。醉后吹横笛，鱼龙亦出听。"

千年后我在普陀山寻找陆游曾经走过的地方。沧海桑田，世事更迭，普陀山如今的繁华岂是当年初始的样子可以比拟的？我所能做的，只有再吟这首《海中醉题》。

元代书画大家赵孟頫来了，并写下《赤壁赋》和《洛神赋》；晚清小说家刘鹗来了，他游过普陀山后所著的《老残游记》备受世人赞誉。王安石也来过普陀山，而且小住于法雨寺，面对绿荫浓密中的林荫古刹，他曾作诗赞道："树色秋擎出，钟声浪答回。"把钟声、木鱼声、念经声，以及海滩波涛声相互交织，相互呼应的景色描绘得有声有色。而今，伊人已去，寺庙犹存，时空传承的又是一番"补落迦山传得种，阎浮檀水染成花"。

看重普陀山的还不只是这些文人雅士，历代的帝王将相为了祈求国泰民安，亦多有带着贵重礼品专程来普陀朝拜观音。明太祖朱元璋，清圣祖康熙都是数次登临。

"名山佛国，大海慈航。青嶂干霄，高通梵天之上；洪涛浴日，祥开净土之场。一柱如擎，震旦指为名胜；三山可接，方舆记其神奇。"这是康熙的墨宝。一代康乾盛世，不只是皇帝一个人的功绩，还有中华民族的聪明智慧，更有劳动人民的勤劳奉献，政通人和。其中有没有上苍的恩赐呢？康熙多次召见普陀山高僧，赐金、赐紫衣、赐佛经，礼遇有加；雍正皇帝亲书汉白玉御碑，赠予普陀山："普陀秀峙海壖，迥立于天风紫涛浩瀚无际之中，尤灵秀所萃聚，宜其为仙真之所栖息。"似乎也说明了一点什么。

这让我想起一心要缔造共和的孙中山。时值民国五年，正是"革命尚未成功，同志仍需努力"关键之时，孙中山率众登临普陀山。此行目的何在？虽有孙中山口述的《游普陀志奇》说为"顺道"，我认为"朝拜"的成分很大。事实上，孙中山此行"奇遇"一事一直为后人所津津乐道。盖有孙中山"月白风清"章的《游普陀志奇》复制件现依旧收藏在普陀山文物馆。

三

太阳每天都是新的，普陀山每天也是新的。

我不知道是天生丽质的普陀山成就了深厚凝重的普陀文化，还是悠久的历史文化成就了闻名于世的普陀山，或许，二者是相得益彰吧。

在西山景区，我又遇到了陈氏老乡，以及他开的茶楼。十年不见，茶楼似乎还是老样子，简约却不简单，只是门前的几株花木长大了不少。秋天的色蕴很重，看得出，春夏蕴积的能量还在滋润着植物的生命。如果深究，还能发现茶楼的门楣容颜多了一些岁月的积淀，文化的气息更浓。我感觉，这茶楼的元素与普陀山的品性更贴切了。

老陈来自安徽，在此经营茶楼已有十几年了。上次来的时候，和他是偶遇，老乡见老乡，自是亲近，于是就问了许多和普陀山有关和无关的一些事情。记得我曾说过，安徽的九华山也是中国四大佛教名山之一，你为何要舍近求远地跑到这里来发展？他却反问我，说你也是安徽的，为什么路过九华山不去反而来普陀山？我无语，于是就想，远和近都是一种距离，但却是不同的风景，我们总是向往和追寻这种不同境界的东西。

再问老陈这些年在普陀山的感受，老陈说，普陀山是越来越好。俗人俗语，听着却舒服，感觉上比听寺庙里诵经更入情绪。

老陈似乎完全变成了一个本土人，说起普陀山这些年的变化是如数家珍，俨然一个导游。他告诉我，上次你来的时候，普陀山还是国家 4A 级旅游风景区，现在已是 5A 了。他还引用了一句名言，"忽闻海上有仙山，山在虚无缥缈间"。他说，普陀山不仅有俊秀的自然风光，更有悠久的人文历史，以其神奇、神圣、神秘，成为驰誉中外的旅游胜地。

我相信老陈的话，看着满山熙熙攘攘的人流，脑海里便有了一种多维的影像画面。

老陈很玄奥地告诉我，说你若是赶在几个文化节期间来，就更能感受普陀的气氛。每年的 11 月份有"普陀山南海观音文化节"，这是以普陀山深厚的观音文化底蕴为依托，以弘扬观音

文化，打造文化名山为内涵的佛教旅游盛会。每年 3 月有"普陀山之春"旅游节，是以"生态旅游，人文体验，游客互动，百姓同乐"为宗旨，融群众娱乐、游客参与为一体的互动性大型旅游娱乐文化活动。每年农历二月十九、六月十九、九月十九有"普陀山观音香会节"，这是为纪念观音生日、得道、出家而设的三大香会。此时普陀盛况空前，从普济寺的中门到佛顶山，香客如涌，热闹非凡。另外还有"佛国集体婚庆"等一些活动，皆是体现普陀山地域特色和佛教文化的。

我仿佛身临其境了。

在老陈的话中，我在穿越历史，感触现实。普陀山就是这样将现实与历史完美地结合在一起。或许只有普陀山这样包容的山，这样兼蓄的山，这样和谐的山才能做到如此地海纳百川。这样也就不难理解为什么在中国四大佛教名山之中，只有普陀山四面环海。

在下山的途中，我看到了一幅标语：全面推进"品质普陀山、生态普陀山、文化普陀山、和谐普陀山"的建设目标。于是我想，老陈说"普陀山是越来越好"这句话是有依据的。

四

我相信，人也是不能两次登上同一座山的。与十年前相比，我有这种感觉。一种变化的，很真实的感觉。

宋代禅宗大师青原行思说过一句话，初始者看山是山，看水是水；入境者看山不是山，看水不是水；禅悟者看山仍然是山，看水仍然是水。想必，在陆游、王安石和康熙、雍正这些人的眼里，普陀山是山，又不是山。

我认为，应该是一种境界。

圣地苗乡一绝景

　　如果不是亲身体验，我可能想不到在黔东的凯里还有这样一座绝妙的香炉山。去年夏日的一个雨后，我随当地的一位朋友去那里寻幽览胜。

　　初始的路原生态味儿很浓，朋友说这路唤作"幽谷常青"，虽很诗意，却一线通天，需常攀藤葛才能上。的确，走不多久，我便有些气喘，总是落在后头。不过，这也好，我便可以在别人的引领下无所顾忌地走，倾其注意力尽情地领略沿途的风景。

149

　　风景确实好。坡上的乔木，苍翠成荫，把诱惑和风情层层
叠叠向远处延伸，视线不可穷极。以前是有寺庙的，而且香火旺
盛，求仙拜佛的人很多，不过，现在只留下遗址。我诧异，莫不
是那梵音不曾远去，留在了这香炉山祈福于一方百姓？

坡下多为灌木，起伏着绿波款款落入山谷。缥缥缈缈的薄雾中升腾着一种能量，想必那是山体蕴积着一个夏季的精气神被一场雨激活了。禅意中，瑶池碎波般的清音时隐时约，疑有仙女临溪浣纱，搅乱一湾碧水。迷离之中，风琴又起，天籁瑟瑟，峡谷忽如偌大的乐池，绿色交响汩汩而出，声遁山脉，音颤心弦。朋友告知，山谷里有溪流，多在幽深之处，近不了旁边，只能远远地看着、听着。

朋友的话又让人多了一份神秘。

来到南天门遗址附近，这里怪石奇壁之间，长有许多的树木。这些树木，或一柱擎天，或树冠半铺，亦是未曾见过的风景。我虽不是学林木的，却也是识得一些普通树木，可眼前的树木我却一棵都叫不出名字。朋友也不知，说这些成林的百年古

树，山下的百岁老人都不晓得它们是何年所生，自从有树那时起，年年岁岁如此，不见高、不见大，也不见矮，就和这香炉山一般神奇。

远处有个石洞，不大，却险，我们是不能走近的。我问，那石洞可有名字？朋友说，似乎没有。我道，没有也好，更原生态。朋友说，你看这洞像张家界的天门洞吗？像，我说。其实不像，但有些异曲同工。似有薄薄的云雾缠绕在洞口，牵扯着四壁，给人以虚幻之疑。我突发奇想，此时若是携一心仪之人，像童话中的故事，轻舒广袖，飞入洞中，做永恒的驻守，那该是多么的浪漫。朋友说，其实，你此刻就在童话故事的情境中。我不解，问其故，朋友故作玄奥道，到了山顶再告诉你。

在"神香炉"前，我很想烧一炷香。我不知道这"神香炉"神在何处？是不是像观音菩萨那样大慈大悲给我一些点化。当然没人能告诉我，佛学无止境，我只能在唐代诗人常建的诗句"山光悦鸟性，潭影空人心。万籁此都寂，但余钟磬音"中参悟。

坐在山巅一侧，我顿感黔之辽阔与黔之奇美。视线中，天高云淡，大地苍苍，山川风物奇特俊秀；山谷里，杂花丛树，修篁茂密，云雾缭绕，风声鸟声缠缠绵绵。朋友说，我给你讲讲那个童话，一段发生在香炉山的美丽故事吧。

这山之所以叫香炉山，是因为它"伏如香炉，岩石危峭，早晚云雾千态万状，莫可端倪"，很有些佛教情缘在里面。相传当年天上的仙女阿别与人间的后生阿补曾在香炉山上幽会，生下女儿阿彩。后来，阿别上天了，阿补也在阿彩十六岁那年乘着烟云上天与阿别相会。阿彩独自一人，便在山上唱起歌来。阿彩的歌声清脆、甜蜜，引得人们纷纷上山，其中一个叫阿星的后生第一

个爬上山顶，把阿彩抱了起来。爬上山顶的人们看到这幸福的情景，于是便围着阿星和阿彩唱起歌，跳起舞……因为这天是古历六月十九，所以，自此之后每年的这一日，香炉山脚下的人们都要举行"爬山节"活动，老年人多往山顶观光及祈神，盛装打扮的青年男女则用芦笙伴奏，翩翩起舞，吟咏传说故事，歌唱友谊和爱情……

很感人，也很完美。遗憾的是我做不了阿星。朋友笑着说，你还有所不知，这里苗乡一直流传着一首童谣："无香无火冒青烟，弥漫炉山古话传，圣地苗乡一绝景，人到此地便成仙。"想必你也不虚此行。

追逐一条溪流

　　雨后的井冈山明显有些潮湿。南方热带气息蕴积已久的能量被一场雨激活了，于是空气中便荡漾着一种绚丽的追逐和激情的弥漫。植被中馥郁的色味，以及峡谷里缱绻的潮气，随着人的脚步和尖叫，回旋于无形的深壑，遂即落入一条长长的峡谷溪流。

　　于是，我们便追逐着溪流的水势，追逐着潮湿中的绿色花语，向峡谷深处走去。

　　初始的溪流，并不显得多少妩媚，也不粗犷，朴实的容颜，散淡的行径。细寻之处，那些从石缝里、从山洞中、从突兀的岩

石下，从草丛树根中渗出的涓涓细流，很自然地便就汇聚一起，遂成一条生命旺盛的涧水，这山谷便有了一曲悦耳动听的生命之乐。

溪流渐下，水势渐浓。就在某个关隘，正当我们专心致志俯首拾级，溪流却不辞而别，瞬间便钻入植被的深处。可就在我们寻觅它的行踪时，突如其来的一阵轰鸣，把我们的视线引向一道悬挂在山腰的彩虹。嘈杂的人流中便喊出重重叠叠的声音："彩虹瀑布——"

此时，两块天然巨石合成一张大大的嘴口，如注的水流从嘴角猛烈溢出，沿着悬崖峭壁喷薄而下，腾起的水雾，弥漫如纱，缥缥缈缈……那自始至终、无始无终的水流就这样形成了井冈山的一处奇观——一个高近百米、宽约十米的梯形大瀑布。蔚为

壮观。

最是惊羡水流从岩顶毅然跃下的过程，生命于短暂的瞬间迸发出最悲壮，也是最绚丽的一幕。水的群体臂膀相挽，把宽阔的胸膛敞向世界，发出生命最后的绝唱。在岩下，原本相拥的水团被巨大的冲力撕得粉碎，洒落在山谷的每一个角落。那些遍体鳞伤奄奄一息像鲜血一样涂抹在岩石上、丛林中、峭壁下的水渍，向生命的源头送去最后的一瞥，然后便化作一缕轻烟飘向广袤的宇宙，成就自己的永生。而那些一息尚存的水珠，又自我拯救，自寻归路，或直流溪床，或渗入岩缝迂回入涧，再汇水流，重获新生，期待又一次的英雄壮举。

我突然醒悟，这最壮观的一幕不就是和我们一路同行的溪流所为吗？

　　我的目光一直追寻着那自上而下的瀑流，心率伴着水花激越，脉搏随着瀑布颤动。我仿佛意识到，那飞流直下的瀑布似乎不再是瀑布，而是镶嵌在山腰之间的一座竖琴，井冈之脊是它的琴座，水口溪流是它的琴弦，峡谷深壑是它的音箱，一曲英雄的赞歌和生命的交响正在历史的长空中震荡。伴随着这响彻寰宇的磅礴之声，我仿佛看到一列列士兵前仆后继，视死如归，义无反顾地跃向深渊，冲向死亡，完成生命目标的终极。

　　回望与溪流一路同行的脚步，心绪里多了几分敬意。这看似平凡的溪流啊，却无时无刻不在蕴积能量，做着牺牲的准备，当生命的前程需要它们跃下深渊化作彩虹，它们会勇往直前，义无反顾。

依恋瘦西湖

　　至今依旧对诗句"天下三分明月夜，二分无赖是扬州"耿耿于怀。越是嫉妒就越是想去瘦西湖，怎样的心理，自是不可告人。只是遗憾没能选一个仲秋的月夜。

　　据说，地处扬州西郊的瘦西湖原先并不是很"瘦"，从曾经

的名字"保障河""保障湖"便知，瘦了，起不到"保障"作用。作为安徽人，我知道它在隋唐时期曾是由蜀岗诸山之水汇合安徽大别山东来的洞水流入运河的一段水道。河面曲折逶迤，时展时收，形态动人，于是便有人在这儿择地建筑，沿岸开始陆续生长出许多的园林，到了康乾盛世，"园林之盛，甲于天下"的盛名已盖过湖水本色的秀丽，这瘦西湖算是真正地"瘦"起来。

不过，每次来，"两岸花柳全依水，一路楼台直到山"的景象倒确实怡情怡人。这些园林因地制宜地借湖光山色营造着亭台楼阁的古朴典雅，渲染着十里湖堤的诗情画意，让人犹如进入了一幅山水画卷之中。我去过苏州，同苏州园林的玲珑精致相比，这里的园林则融南秀北雄为一体，把风景和岁月凝聚在一起，有时空，有色彩，还有情感，这就让人感觉到了瘦西湖的人性化。

所以，许多人来了便流连忘返，甚至久住不走。

苏东坡来扬州属于被贬谪性质，但这恰好给了他一个机会，在他任扬州太守大半年时间里，有幸对扬州的山水和人文做了一次情感上的收容。他特别钟爱瘦西湖，常和友人泛舟湖上，饮酒吟诗。据说，有一天苏东坡和挚友佛印乘船游览瘦西湖，佛印大师突然拿出一把题有东坡诗词的扇子，扔到河里，并大声道："水流东坡诗！"当时苏东坡愣了一下，但很快醒悟，便手指着河岸上正在啃骨头的狗，吟道："狗啃河上骨！"两位雅士相视一笑，留给瘦西湖一段有趣的佳话。原来，佛印是借谐音说"水流东坡尸"，而苏东坡也是借谐音说"狗啃和尚骨"。真是妙哉！

当然，苏东坡没有在瘦西湖上建一座像西湖苏堤那样的堤坝，使其日后成为一处风景名胜，但苏东坡却在瘦西湖畔建了一座谷林堂，同样留名千古。为了纪念同样在扬州做过太守的欧阳

修，苏东坡特意在欧阳修的平山堂后面建了这座谷林堂。这师徒二人，不但都是儒雅绝伦的散文大家，命运也极为相似，所以情感相通，苏东坡对欧阳修极其崇敬。谷林堂落成时，苏轼曾以诗记之："深谷下窈窕，高林合扶疏。美哉新堂成，及此秋风初……"诗很长，字句中流露出一丝归隐的意思。看着美丽的瘦西湖，他似是不想走啊。

最不想走的当数石涛。这位清初的山水画大家，半世云游，晚年就定居在扬州。是什么样的吸引力留住了他？当然是瘦西湖。

那是一个黄昏，石涛站在小金山山顶的风亭上，极目眺望整个瘦西湖，禅意顿生，幡然醒悟，他似是渡过了苦海，找到了属于自己的彼岸。这位道行高深的大师，他显然看清楚了人生在一个瞬间所发生的变化，看到了来自视线尽头的一种无穷力量，那是时间，那是大自然。石涛极力掩饰自己内心的震惊与喜悦，

他想把自己的这种心境变成一个永恒。于是，我们在他的晚年画中，就经常看到这样的情境：一堵围墙，一叶孤舟，一位禅坐的老翁……

其实我也不想走。漫步五亭桥，感觉先哲上下的脚步，想象着历史的陡峭和平缓。虽未赶上三月的烟花，未幸会秋月的皎洁，但面对"月观"，我能体会到徐凝曾经感觉到的美妙意境。而此时湖面上游弋的白鹭，仿佛就是一页历史的幻影，折射出300年前亭台楼阁上美丽的裙裾，传唱着才子佳人们缠缠绵绵的扬州清曲。

似乎是先有扬州，后有瘦西湖。但毫无疑问，是瘦西湖提升了扬州的知名度，一座湖成就了一座城市。

梦幻漓江

很早就听说"桂林山水甲天下，阳朔堪称甲桂林"，真的走进这样一幅山水画卷，心境确实和诗一样的美。

正是"人间四月芳菲尽，山寺桃花始盛开"的葳蕤季节，我的脚步从漓江开始。

乘船入水，心如银波，乐不可支。人在江中行，景随两岸移，阳光隔了山峦照过来，把霞光撕开来倾泻在郁郁葱葱的林带里，于是，视线里就有了一丛丛斑驳的倩影。顺着光亮的走向，一抹薄如蝉翼的彩雾悬浮在悬崖峭壁之上，形成光怪陆离的幻影，让人扑朔迷离。盘旋于江面的孤雁，披着犹如婚纱一般的彩霞，掠过游船的上空，使人的心也斑斓起来，于是，我看到樵夫的脸上荡漾起幸福的微笑。转身回眸，千帆竞发，在半江瑟瑟半江红的漓江之中浩浩荡荡，拉成一条长长的风景线。

漓江的山也是不同寻常，空灵般的清秀。两岸群峰挺拔多姿，似人状物，千姿百态，于瞬息万变中让目光应接不暇。蓝天白云之下，山光水色浑然一体，古树翠竹相映成趣，石壁危峰依偎相恋……我就是在这种"分明看见青山顶,船在青山顶上行"的奇妙景象里来到"九马画山"的。

据说，当年周恩来总理和陈毅元帅同游漓江，面对这处奇异之景，驻足良久。周总理悟出了该山隐含着九匹骏马，而同在一船的陈毅却只悟出了六匹骏马，受点拨后恍然大悟，于是，"九马画山"从此闻名遐迩。其实漓江的山集秀美、神奇于一身，中外称绝。有的山如大象的鼻，谓之"象鼻山"，有的山似大师的笔架，谓之"笔架山"，有的山像骏马奔腾，谓之"九马画山"。还有"驼峰山""望夫山"，等等，不胜枚举。面对如此林林总总、千奇百怪的山，我真的很敬佩人们以传说、以形态、以想象赋予他们如此诗意的名字，这是一种智慧的体现，是对美好大自然的赞美，是对幸福生活的歌颂，是人生情感的真诚抒发。

漓江的水是多情的，她吸引着历代许多的文人雅士。唐代大诗人韩愈，曾在漓江之上写下了"江作青罗带，山如碧玉簪"的诗句。诗人以拟人化的手法，活灵活现地展现山水之美，堪称描写桂林山水的千古绝唱。置身其间，我算是真正地体味到了诗的意境：一江清水碧波回环荡漾，时而清波涟漪，山光树影，相映成趣；时而水流湍急，惊涛拍岸，卷起千堆雪；时有野鸭结伴成

群嬉戏江边，让原本静如碧玉的水面泛起涟漪，在阳光的映照下如同无数天然宝石洒落在江面，惹人喜爱无限。偶有飞瀑探下，如银链，连接着青山绿水，如箫似笛，伴随山间的风，或洋洋洒洒或倾盆直泻或滴滴答答飘荡在心间，洗涤着心灵。荡舟江上，仿佛船入琼浆池，人在画中游。

我知道，郭沫若也曾写过赞美漓江的诗，但我认为，像"玉带蜿蜒画卷雄，漓江秀丽复深宏"这样的句子，与韩愈的相比，显然少了一点浪漫的气息。随着人们环保意识的不断增强，漓江的山水与时俱进，越发的秀美，我期待着有人能写出比"江作青罗带，山如碧玉簪"更美的绝句。

弃船登陆是在阳朔码头，未待我缓过神来，"世外桃源"的田园风光又招引着我。

我不知道这处风景地是不是和陶渊明有关？但走入这依山傍水的小镇，里面的清静和雅致还真有点世外桃源的感觉。

进入山门，在古朴、典雅、悠扬的音乐声中，陶渊明《桃花源记》虚幻的文学景象映现眼前。朝霞、山影、黄昏、农田、红

166

瓦、山花、翠竹、木楼、水牛、白鹭……蒙太奇般一一掠过人们的视线，纯朴的佤族人在燕子湖畔，演绎着神秘古老的农耕人生活，那种充满着原始的、神秘的、古朴和粗犷的美，带给人一种既遥远又很近的思维，让人感受着真实和虚幻。

我在想，长期居住在城市的闹区里，听惯了喧哗，看透了浮躁，总给人一种颓废的感觉。而置身山水田园，会让你宁静淡泊，蕴积生活的正能量；了解民俗风情，会让你深感中国文化的博大精深，增强人的自尊和自信。人生就像一场旅行，不必在乎目的地，在乎的只是沿途的风景，以及看风景的心情——就像我的漓江之行。

万佛湖寻幽

当视线如网般撒落湖面，我便深信，万佛湖有神灵隐匿。否则，那浮动的绿岛谁使神差？那氤氲的湖光从何而来？那碧水蓝天谁舒彩袖？那翠峦黛谷又是谁的水墨丹青？

"玉鉴琼田三万顷，着我扁舟一叶。"携宋词，乘游艇，我们入湖寻幽。

船行于水，人游于画，远景近色目不暇接。俯视湖面，水清波碧，深邃幽远，坐在船头，有临风飞翔的意味。不见浮游物，但见水深流，隐隐地，似有鱼群沉底。游艇微微转舵，那尾浪便荡破涟漪，惊起船头的鸥鸟几声啁啾。再看远山，山遥水远，浮云一半在天上，一半在水底。我的视线穿过翱翔的飞鸟，绕过穿梭的舟楫，和一片青颜绿色相连。极目处，千峰比肩试竞秀，万壑相扣似争流。此情此景，真叫人好生疑惑，这是不是梦中神游？

仁者乐山，智者乐水。在万佛湖，无论你是属于仁者还是智者，皆不会弃山取水，拾之一隅。因为，万佛湖的山是镶嵌于水中，是水的经脉和骨骼，是水的凝固。山破水而出，水环山而秀，山水相依，相得益彰。于是，我们便暂时离开水的怀抱，弃船登岛，继续我们的寻幽之旅。

风情岛，如名字般诗情画意。远远望去，三座重楼坐阁式建筑，互为鼎足，让人遥想到西南边陲的大理三塔。人未近，意悠远，霎时便魂魄游离。伴随着悠扬的葫芦笙，少女们跳起民族舞蹈，让你仿佛置身于傣家的竹楼前，感受异域情调。在岛的东南角，端坐着一尊弥勒大佛，身高数十米，笑口常开，目透慈祥，似在端视游人，又像在关注大千世界。我想，这方神圣亦可大肚能容，容天下难容之事，我等前来寻幽之人何以要究竟世事

一二，追根求源于明明白白？遂又想起郑板桥，想起他的那句至理名言。走过沿路的商家店铺，以及或远或近的娱乐休闲场所，顿悟，原来佛家的清静和尘世的繁华亦能和谐统一。

白鹭洲当是白鹭的世界。一群群白鹭，或徜徉湖边沙滩，或立于水上礁石，有的在树丛中安闲地梳理羽毛，有的于水草边悠然觅食。我寻思，益鸟喜栖于此，是万佛湖天然的生态环境所引，还是白鹭洲的适宜气候所诱？抑或是因了某种磁场所致？这磁场是否就是那神灵的气息？再看白鹭，湖水因了它们的洁白而更加明净，湖面因了它们的滑翔而格外地幽灵。叫一声吧，与自然对话，与仙人共鸣，看鹭鸟们訇然而起，听山林回音缠绵。一

片片，一团团，飞琼飘絮，蔚为壮观；一声声，一阵阵，忽远忽近，天地相倾。有人依旧不甚过瘾，于是骑上湖边摩托艇，纵水而深。穿港汊，行幽涧，与翔鸟比翼，与游鱼比灵，驰骋湖面，享受一番瑶池之上仙子凌波的醉人体味。

在万佛湖不能不去万佛山。这里不仅自然风光秀美，更有那人文景观底蕴丰厚。据传，汉武帝南岳封禅时曾感叹："上那山真乃万福。""那山"便是万福山，后称为万佛山。我不知道万佛湖和万佛山有什么牵连，倘妄断，这万佛湖怕就是因了万佛山而得名。当然，我们也不可能在一时半会的工夫就能探究出万佛湖名称之来由，最要紧的还是急着看三国时期曹真于此屯兵，与陆逊激战咚咚岭、驼岭的遗迹。虽时空悠远，往事越千年，但耳边似乎还响起金戈铁马的撞击声。意外的是，这处山中，还曾是北宋大画家李公麟的写生地，还流传着山谷道人黄庭坚赋诗颂吟的奇闻逸事，以及记载着太平军将领陈玉成、胡以晃、捻军将领龚得树联手布阵迎战清军的故事。甚至，红军也曾在山中设立过后方医院，积蓄革命力量，播下革命火种，写下一页革命历史。我的心如山下湖水般深沉，沧海桑田多少事，时光留下的是这不老的青山，青山承载的是那永恒的记忆。我不知道，万佛湖那几十万平方公里的水域是不是也承载着那千年万年的容积？

"寻幽殊未极，得句总堪夸。"止步湖堤大坝，惊回首，千岛叠翠，百舟争游，湖中青螺林立，恰似玉盘落珠。双龙岛、钓鱼岛……岛岛隔水相望；白鹭洲、燕子洲……洲洲临湖相依，让我有不识归时路的感觉。我有所感悟，天地悠悠，湖水悠悠，这人间的一方圣洁之地，怎么能没有神灵保佑？

雾雨巢湖

从裕溪河码头上船的时候便有丝丝凉风袭来。那绵延的薄雾布阵似的锁堤守路，环绕在山峦与河面，缭绕于朦胧天空。

这是一段不长的内河航道，尽管清雾弥漫，但河床不宽，两边的堤岸清晰可见。湖柳依依，看似柔肠绵弱，实乃侠骨至诚，守护着圩堤，守候着岁月。就是在这一路缠绵的柳绿中，船驶入了湖口。

湖面确是开阔，开阔得似乎让人找不着边际。尤其是在这个薄雾弥漫的风中。湖面上的风也是不同寻常，硬是不像陆地上那样肆虐，卷尘荡物，折枝拆叶，借草木生灵尽显自己的威猛。而是始终如一地青睐于湖水，令湖水荡漾，教湖水拍船，辅桅杆扬帆……"风定湖水平，风生湖水活……远疑天上来，还向天际没。"举眉之际，倘不细琢，仿佛船行大海了。但此时的湖面却少了海浪的霸气，多了几丝湖水的盈柔，唯有船碾碎波发出的清脆声响。

曾经，"湖光山色"是多少文人墨客的神笔妙言，而此时，灰色的云层像不能击破的玄阵挤压得纤弱的雾网无奈地沉向湖面，那重重叠叠的轻纱被分割得七零八落，怯怯地、潮潮地化作了水丝，遁入湖面的波纹，挂在游轮的窗户，湿在甲板船头。穷目处，不见青山碧水，没了湖边天际，真可谓"天与水相通"，却全然不见"舟行去不穷"……想那多情才子秦观未曾来过这烟波愁绕的古焦湖，他怎能写出那"雾失楼台，月迷津渡，桃源望断无寻处"的感叹词句？莫非沧海桑田也不能幻变生命的感悟？时事变迁却仍旧延续人生的绝唱……倘若真能如此，我们坐在这虔诚的游轮上，是不是可以窥见船下那当年古巢州繁华的街市？哪怕是海市蜃楼般短暂再现……

几千年前的古巢州是个盆地，也是座人丁兴旺的鱼城。这里是方圆百里的商贸集散地，集市繁荣，歌舞升平。某一天，一位渔人意外地捕捉到一条千斤大鱼，惊喜地运到城内廉价出售。全城人争相购买食鱼肉，唯独一老妇焦姥和女儿玉姑不食。一叟者过间对焦姥说："此鱼系吾儿，汝母女不食，必有厚报。见城东石鱼目赤，城将陷。"语毕便隐身而去。焦老母女惊诧……果然不久的一天，焦姥见东门石鱼目赤，她心急如焚，奔走大街小巷呼号，连失足掉了一只鞋也全然不顾，喊全城百姓避灾逃生，然后才偕女欲行。忽然晴天一声巨响，大雨如注，洪水横流，巢州下陷。焦姥母女被浊浪冲散淹溺。正在危急之时，那叟者现身急施法术，从湖内竖起三座山，将其母女和焦姥失去的鞋托出水面……

"借问邑人沉水事，已经秦汉几千年。"唐代文学家罗隐的哀叹仿佛至今漂浮在这呜咽的湖面上。我再也无心环湖寻梦了，牵回情绪静静地坐在椅子上闭目愁思，让沉重的身体随波逐流。风起，雾沉，皱波，荡浪，船摇……直至有人喊："姥山到了……"我转身举目，果然，姥山犹如一只巨大的海龟，漂浮在清浪滔滔的湖面上，又好似一老妇托腮凝神望子，让人顿觉诗意般朦胧，寓言般神秘……

下得游船方知天已下起了小雨。船体湿湿的，不知是湖水拍打的还是雨水淋潮的，让人挨着走都需要格外小心。待穿过湖畔进入上山的青石路，游人早已像长蛇阵似的散开。渐渐地，年龄、性别、体力、家庭……自然地使长阵纵队分成了几个小组。我们拾级而上，全然不顾头顶上细细的雨丝，反而左顾右盼尽情地让秋意浸湿自己的面颊。小孩的童趣和天真与山上美景浑然一

体，自然他们成了数码相机的宠儿。曲径两边，杨柳青蒲，果实累累，一派斑斓景色。几声戏语，几句遥问，惊飞了几对飞禽，"扑棱棱"的声响回荡在厚实的雨林中……在不知不觉不感劳累之中我们便到了文峰塔脚下。

　　这是一座石砖结构的八角塔。仰头寻望，飞檐翘角，雄伟奇妙，塔身灰颜凝重，顶尖一柱刺天。进入塔内，门梯交错，外壁、回廊、塔心暗藏机关，左拐右旋，其乐无穷。途中小憩，亦可辨读塔壁四周的诗词、碑文，抑或欣赏砖雕石像。塔内不仅藏有两广总督李瀚章题写的"举头近日"，而且刻有台湾首任巡抚刘铭传题写的"中流砥柱"。题刻、匾额、砖雕难计其数，总有几百近千吧。停伫塔中壁窗，或伫立塔顶，顿感风力陡起，呼啸有声，有令人窒息的感觉。塔角所悬铜铃"叮当"作响，惹山腰丛林灌木遥声呼应。举目远眺，雾漫湖面，看不见烟波浩渺，渔帆点点，只隐隐约约寻得姑、鞋二礁。那是传说中的故事主角。

176

当年古巢州陷落后，人们为颂扬焦姥的德行，又将巢湖取名焦湖，将湖中的山取名姥山、姑山和鞋山。

往事越千年。这个薄雾细雨中的秋日巢湖仿佛还在向游人倾诉着那不老的传说……湖因人的壮举和赞美显得神秘而俊秀，而人也因湖的故事而名传千古。难怪做过几年巢县知县的清人孙枝芳在这里没留下为官一任的可赞政绩，却因为巢湖而留下了一首脍炙人口的诗句："天与人间作画图，南谯曾说小姑苏，登高四望皆奇绝，三面青山一面湖。"

归途匆匆。微湿的身躯使下山的脚步有些沉重，我似乎听见足下有空空的声响。这莫不是人们所说的"空谷回音"吗？有传说姥山藏有多处溶洞，大的可容百人，且洞内怪石嶙峋，十分险要，钟乳参差，千姿百态，但这一切都只能留作他日再寻了。在湖边，有小孩不经意中拾得一残缺湖贝，令人仿佛感到拾起的是一页历史。我想起那首诗：

> 一片云在浮动
>
> 轻盈如你？ 沉重如我
>
> 风泄露多少难忘的回忆
>
> 举眉之际
>
> 一查湖，如镜如梦？ 如泣如诉
>
> 点点白帆转动着和旋
>
> 声声渔歌呼唤着生灵
>
> 晚风的湖岸
>
> 一只贝——留住彼此的脚步

亚龙湾续写的传说

　　认识林岚是在三亚，那时她刚做导游不久，在给我们讲亚龙湾传说的时候还有些羞涩。自我们分手后慢慢就少了联系，直至今年春天我随教师旅游团去三亚再见到她时，一别已经是十年。

　　林岚已做了旅游公司的中层领导，比十年前成熟多了。见到我，她特地请了半天假，说时间长了不行，只能陪我去亚龙湾走一圈。

　　走在平缓宽阔、洁白细软的沙滩上，能感觉到珊瑚和贝壳风化的声音，能体味出千年海韵渗入沙层的律动。一窝窝脚印，一袭袭轻柔，如同侵入异性的领地，那么神秘，那么羞涩。我问林岚，亚龙湾怎么看起来比十年前要长些？林岚说，是风景拉长了你的视线。是的，我顺着流动的色彩，看到了无边无际的风景，阳光、海滩，以及深邃湛蓝的海水……来自世界各地的游客正把自己的肤色与这天然的容颜混合，激情和浪漫，随性和自由，衬托着曼妙的胴体和刚柔的曲线。我感觉，那一排排躺椅承受着季节的重量，那一把把太阳伞遮挡了岁月的隐秘，那高高撩起的裙裾迷离了海风的视线……

在这数千米的沙滩上，看海很让人浮想联翩。亚龙湾的海水温柔而娴静，悠悠白云下的海面看不出惊涛骇浪，层层涟漪从从容容走来，被沙滩折叠出细细碎碎的浪花，发出江南丝竹般欢快的乐声，在沙滩上画上一道道细腻的五线谱，然后又缓缓地消退，直至另一个乐章再次奏起。这让我想起美国自然作家亨利·梭罗曾经写过的一句话："海边的沙滩是最容易感悟世界的地方。翻滚的海浪生生不息地扑向大地，远远而来又再次离去。"

在一处露天的竹椅上我和林岚坐下，接受阳光的抚摸和海风的轻柔。光线里流淌着一丝温馨，海风把阳光切割成细细的柔

片，敷贴在我的脸上，记忆遂从风的波长里泛起。

十年前，我大学毕业在三亚找了一份临时工作，因为经常接触，秀外慧中的林岚曾经让我心动，我已打算留在三亚想和她成为恋人。但是，母亲多病需要照顾，硬是叫我回到安徽老家做了一名教师，使我和林岚的情缘刚刚开始就变成结束。林岚是当地人，理想是为三亚旅游业做一番事业，何况父母就她这么一个闺

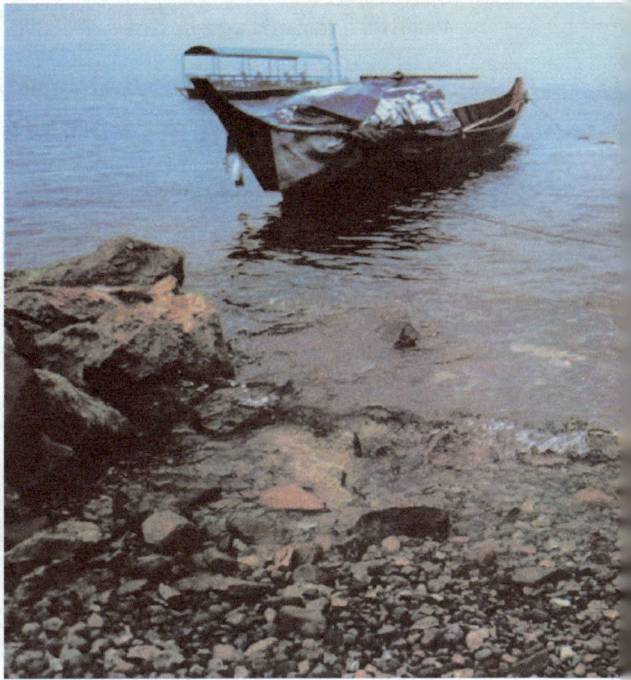

女，自是不会和我一起去安徽的，于是，在亚龙湾那个朝阳初升的夏末，我和林岚相互祝福，泪别分手。我们没有去天涯海角，是想着有一天能够再次相逢。然而，真的见了，已物是人非，更多了一份酸楚。海风虽已几多的轮回，拂面而过，依旧是周体温柔，就如同读徐志摩的诗："我不知道风，是在哪一个方向吹——我是在梦中，在梦的轻波里依洄……"

　　沙滩边缘那几棵椰子树倒是没有多大的改变，依旧地向大海倾斜，像我看到过的许许多多明信片上的画页。树叶长而有致，披散而下，似沐浴后蓬开的发丝。我知道椰子树在三亚有着兴旺的家族，可不知道为什么这些年依旧只有极少的几棵？想想却不奇怪，因为亚龙湾凸显的是海水和沙滩，椰子树多了会遮掩它们的风景。这几棵自然天成，恰如画中小品，少不得也多不得，是极佳的点缀。我凝视着椰子树那长长的影子，揣想，它一定见证了海滩上许许多多动人的浪漫故事，这故事，也是风景。

　　十年前就在这里，我听林岚讲那美丽动人的亚龙湾传说："……吉利等七位美丽的姑娘，在拒绝七位仙子求婚后，回到家乡却遭到了误解。为了证明自己的清白，她们跳进了大海。姑娘们明亮的眼睛融在海水里，使海水变得更加清澈，姑娘们洁白的身体被海水冲到岸边，化成洁白的沙粒……"

　　一则传说造就了一湾绝世海滩。如今，传说还在继续。我对林岚说，在世界生态环境日益遭到破坏的今天，亚龙湾却能如此地保持自然环境的原生态，而且比十年前更加美丽，变化如此之大，实乃奇迹。

　　林岚说，变化的不仅仅是亚龙湾，整个三亚都在变。十年前，三亚路上的车很少，交通情况也不好。现在你看，红绿灯设施完善，大巴车、公交车、出租车数量多，上档次，城市的品位一点也不亚于其他的大都市；十年前，游客有钱想住五星级酒店都找不到，现在，三亚的高端酒店比比皆是，尤其是亚龙湾这边，越来越多的五星级酒店接踵而入；十年前，在三亚客人找不到吃海鲜的地方，而今，这里不仅有供高端消费者选择的海鲜酒楼，还有供平民阶层选择的海鲜加工店；十年前，游客来三亚只能游览老牌景区的自然风光，十年后，三亚已形成文化旅游、民俗旅游等多位一体的情境旅游模式，资源越来越丰富。特别是世界小姐、世界先生竞选大赛，新丝路模特大赛，沃尔沃帆船赛，环岛自行车赛，沙滩排球赛等一些国际大型赛事落户三亚，更让三亚吸引了全球目光。

说的是，通过这次三亚之旅我能感受到这里的巨大变化。

在书亭，我拿起一本介绍亚龙湾的画册，上面霍英东先生的一段话引起了我的共鸣。他说："亚龙湾美丽的海滩，香港没有，日本没有，印尼的巴厘岛不及，只有夏威夷同属休闲型，但亚龙湾的阳光、海水、沙滩、高山、空气五大旅游要素优于夏威夷。"我对林岚说，如此经典语录，应该题写在亚龙湾的中心广场上。林岚说，不需要的，但凡来过亚龙湾的人都有同感，就连原文化部部长黄镇也曾赋诗称赞："天上银河称天境，人间崖州亚龙湾"，"嫦娥若得新信息，一定下凡舞蹁跹"。尤其是这几年，我们不仅在经营着三亚，同时更注重创幸福家园，使之更适合旅游，更适宜人居，更加生态化。

美哉，亚龙湾！壮哉，三亚！岂止是嫦娥下凡舞蹁跹，我想，世界各地的人都会蜂拥而至。因为亚龙湾的传说不老，亚龙湾的传说还在继续，整个三亚都在日新月异，与时俱进！

秋水长天金沙湖

　　原以为南宁的金沙湖更具名气，没想到阜宁的金沙湖更具魅力。

　　走近苏北这座年轻的湖泊，心也随之年轻。四周广袤的平原如同铺展开的画布，早已被画笔写意出日新月异的斑斓，金沙湖这湛蓝的一笔，是画家匠心独具中最凝重的点缀。都说，湖泊是地球的肾脏，殊不知，这金沙湖完全算得上是苏北平原上一只楚楚动人的明眸。

时值初秋，阳光很好，伫立湖畔，太阳的色晕涂满心绪。目光由近及远，湖面倒置着蓝天把人推向深邃，再眺，"落霞与孤鹜齐飞，秋水共长天一色"。我知道王勃未曾见过金沙湖，因为在他生活的唐代这里还是一片荒无人烟的黄沙岗子。但诗人的笔触指向显然就是今天的金沙湖，一字一句似乎都是于此临摹而出。难道王勃有先见之明？于是我突发奇想，滕王阁若是建在金沙湖边岂不是更妙？

沿着湖边金色的沙道浅行，头若悬天，脚如缠绵，无数个被碾碎了的惊奇和童趣摩挲着颈项，蒸煮着鞋底。一侧是苏北平原的画中人烟，另一侧是瑶池碧波般的金沙湖水，令人凡尘不识，仙境不疑，物我两忘。栈道旁的亭台楼榭、沙丘园林，是何日的建筑？情人坡和桃花岛上的落红，是几时的存留？几声嬉笑，一阵鸟啼，惊回首，金沙湖大桥若彩虹临水，在湖面上动静相宜。是现代动漫？是移动的舞台布景？还是冥冥之中臆想的海市蜃楼？

凝视青涩纯真的金沙湖，我颠覆了一个已久的定式，名胜并不都是历史越久远越好。是的，西子湖底蕴深厚，有苏轼的传世笔墨和惠民坝堤，有许仙和白素贞风花雪月的故事；大明湖的传说甚多，有永不干涸的趵突泉神奇，有"蛇不见、蛙不鸣"的千古之谜……

其实，金沙湖也不缺乏历史。就在金沙湖大桥东侧的湖底，这里尘封着大面积的古贝丘遗址。贝壳种类之丰富，形状之迥异，色彩之艳丽，是他处无法比拟的。权威人士告知，这些古贝壳年代久远，距今至少有一万多年的历史，具有极高的研究价值。此外，金沙湖的旁边还有千年古镇喻口，以及巢城遗址、

南北朝古井、汉代墓群、镇街石、圣旨石、百年石榴树等风物遗迹，它们像陈列完好的历史博物馆，诉说着金沙湖的前世今生。

她的前世是海，今生为湖，一脉相承。于此，有着大海血统的金沙湖，应该比其他任何湖泊都显得底蕴深厚，历史久远。有道是，曾经沧海难为水，干涸了 12000 年的黄沙岗子，今天凤凰涅槃，重新成湖，也算是历史的一个轮回。可以想象，当强烈的风暴潮流将大陆架的沉积物推向海滩，在漫长的自然力作用下，海水退去，积沙成岗，湖的前生是何等阵痛。而今，重获新生后的金沙湖，已是一幅绚丽多彩的人间画卷，美不胜收。她是目前我国东部地区最大的淡水沙滩浴场，红色文化、绿色文化、佛教文化等独有元素构成了她独具魅力的平原胜景。

几柱炊烟从湖的对岸升起，慢慢幻化成风樯船桅。迷离中，我似是站在历史的海滩上，感悟长风扑面的神圣。天作背景，水作明镜，思绪跳跃着蒙太奇。小岛幽幽，你的前世是否为传说中的蓬莱仙境？廊桥隐隐，你的脐带是否牵连着神话里的瑶海波邻？流动的泳衣和律动的身躯是否皆为仙人落凡转世？那被风撩起太阳伞和异彩纷呈的裙衣，或许就是晾晒在海滩上船家的渔具……

　　我要体验和金沙湖肌肤相亲的快意。

　　这悠长的沙滩绝不亚于知名的黄金海岸。阳光把沙粒亲吻得温柔而有韵仄，每一步都像是一句唐诗宋词；湖水把沙滩涂抹得平整而细腻，每一处都是能作诗绘画的纸页。湖水微煮，蒸发一缕缕太阳的色味，以及淡淡的人体香气。水纹的波长测量着裸露的肌肤，弯弯曲曲，撩人顿生羞涩。金沙湖的水和巴山的雨，塞北的风，江南的春意，以及都市的霓虹灯一般，伴人逍遥，令人陶醉。

留在秋浦河上的记忆

　　真正意义上的牯牛降之旅，实则是从秋浦河开始的。

　　这原本就是一个很诗意的名字，加之有大诗人李白的《秋浦歌十七首》传世流芳，秋浦河，就更显神秘、传奇。观其貌，赏其景，自为慕名者所痴；投之以怀，涉足其道，亦难怪猎艳者神往。

　　果不其然，那扑面而来的目视之处，仿佛是谁家闺中少女的绿丝带遗落在蜿蜒的青山幽涧之中。遮遮掩掩，有初次见人之羞怯；忽隐忽现，像恋爱中男女之含蓄。静仁河边，河水清纯，在绿树和翠堤间缠绕，在云影及浮桥下穿行。那湾，清澈；那泓，

澄净；那波，晶莹……尽眼处满是清新和别致，有意无意间引人于深邃，有窥探秀水深处隐私之欲望。莫不是，那深山藏娇吗？

遇此怀春之水，怎不叫痴情游人蠢蠢欲动？

握，一竿细竹，系，一件救生泳衣，两三人结伴，癫狂般，坐上皮筏便肆无忌惮地拥入秋浦河的怀抱，毫无避讳地与河水肌肤相亲。

轻点竹竿，搅乱一泓香泉；皮筏横河，洒落几串笑声。初离河堤，缓水浮游，波平筏稳，我们稍凝情绪，全神贯注于这色味俱生的秋浦河水。这水，似婴孩的眸子一样清澈透明，光影下的水草浅浅茸茸的绿，让人有一种冲动，想把脸颊贴上去。于是，有妄为者掬水盈面，便顿觉甘甜清冽，赏心悦目，涌出阵阵快感。再照一照水中的镜面，晃悠悠，留下轻佻的影子。水面上时有红蜻蜓飞过，忽悠悠，恋着水面，却浅尝辄止。行至浅处，就见得小鱼儿在树叶的缝隙中穿梭、嬉戏，仿佛伸手便能捉得。总以为是错觉，这树，还有这鱼儿，怎么都扭曲着折叠起来？忍不住要大吼一声，瞬间，那鱼儿便魂飞魄散般四处躲藏，全然没有了先前的自在和惬意……却不料声波越岸，殃及河边翠鸟，扑棱棱惊歇了吟唱。倒是四周的青山峡谷不被惊吓，反而应着回声，悠远地响彻……

于是，便要环顾两岸的青山绿嶂。

山，沿河而立，屏风般护着河流，显着狭长。或许，峰峦背后山山无尽，只是，我们的视线不能穷及。不过，就这两岸的连绵已足以使我们目不暇接。秀峰，峰峰比肩；奇岭，岭岭相扣；峡谷，深藏不露。云缠峰峦，雾锁岭峡，风穿雨林。那簌而翠滴的植被逶迤而下，青，则青得，绿，则绿得。间或，红、黄、紫各色争得游人一瞥，看似无序，却又无奈地顺其自然。尤其那红，正是暮开的杜鹃色彩，被挤得撒落至河边，羞怯怯，与河影相怜。少时，便有几片花瓣遗落水中，随波逐流，道一个花落有意水流无情的叹息。我想，那漂浮的，若不是久候河边的浣纱女的寻情信物，便是深藏山隐中待嫁闺中女子的心香……

怎不生妒意？不为心仪中的浣纱女，亦不为意象中的深山藏闺，只为这风情万种的秋浦河水，以及世世辈辈奉守在这近水楼台的幸运人们……然而，皮筏已过九湾，水朦胧，眼也蒙眬。再看，岸芷汀兰，种难悉指，真道是，"天倾欲堕石，水拂寄生枝。千千石楠树，万万女贞林"。

徒步行走，逆流而上。绕几道弯，穿几片林，不见了河流，却豁然开出一片开阔的山谷。那山谷中，一面不是很陡的山坡丛林中挺立着几排造型别致的竹木别墅、红茶坊，还有朝向不一的小木屋。木屋在茂林修竹中显得格外幽静，似有风情隐隐，诱惑多多……再走，便是严家祠堂。

这祠堂的始祖亦是了不得之人物，东汉著名隐士严子陵的

后裔。祠堂不大，且有些残破，倒是那白墙黑瓦显着原始的徽派遗迹。出祠堂，便是"标语墙"，与这古色古香之遗风相悖。幸运的是，却在祠堂门前不远的石桥下又寻得了秋浦河的幼年。只是，此处的河床浅浅曲曲，瘦身如溪，行不得船，撑不了筏，且裸石参差。倒是那溪水清澈如酒，仿佛有股醇香。还有"汩汩"声漾出，不知是水吟还是石鸣，抑或是水与石的喃语。

溪旁是路，鹅卵石铺就。沿路往深，越发感到神秘的临近。稍不留意，那溪流便不见了踪影，满目青嶂。莫不是秋浦河的童年也这般顽皮淘气？如儿时捉迷藏，几番寻走，便坠入情人谷。

情人谷，勾魂般迷人。岩壁陡峭，茂林修竹，葱郁、挺拔、俊秀隐秘于三面山体。清风袭来，有色有味，且伴有空谷翠鸣……哇，远远望去，十几道白色的水帘从一片绿色的缝隙中扁挂下来，纵身跃下高高的台地，分段跌落在洼处横卧的巨石上，激起数以千计的细金碎银，四处迸射。空气亦被稀释，细细密密的水雾缠挂在岩壁上的灌木枝叶上，似冬日雾凇……

这便是四叠飞瀑。

水落谷底，容积一潭。却怪，那水泻入潭中，便变得安分，温情如秀，且裸露无遮，连她最隐秘的床底，水草、游鱼、苔青绒、大小卵石都清晰可辨。此刻，立于潭边，会感到青春回返，活力重燃，激情在躯体里奔流，精气神在意念中凝结，由里而外渗着愉悦和惬意。微合双目，静屏声息，四面八方传来众多的浅歌轻吟，霎时汇聚成欢快热烈的合奏，灌进鼓膜。仿佛在这远离红尘俗世的幽境里，岁月和青山不老，心灵和万物共融……

终于明白，这，就是秋浦河的源头；这，便是那深山中的藏娇。

真版古宇湖

　　把水库易名为湖的地方很多。像浙江的千岛湖，原名叫新安江水库；湖北的观音湖，原名叫观音山水库；安徽的龙河口水库前些年也改叫万佛湖。这些地方我都去过，有湖的意境，却也有水库的轮廓。古宇湖原先也起灌溉的功效，可初始便是湖的胚胎，不曾有水库的乳名，我认为，这才是与生俱来的湖。

　　慕名而来是在这个秋天，远山枫叶还没到二月花红的时候，

　　船在碧水中随波前行，蓝天白云上下屏蔽，人若置身于一个童话世界。四周的悬崖峭壁，重重叠叠，锁住了我的视线，只是不晓得能否锁得这至亲至柔的水？俯视湖面，水清却无底，虚虚幻幻让人有误入瑶池，欲乘风归去的快意。游艇轻摆，微微转舷，那尾浪便荡破涟漪，惊起船头的鸥鸟几声啁啾。再看远处，秋水长天，浮云一半在天上，一半在水底。我的视线穿过翱翔的飞鸟，绕过穿梭的舟楫，和一片青颜绿色相连。极目处，千峰比肩试竞秀，万壑相扣比风流，此情此景，真叫人好生疑惑，这是不是梦中神游？

　　除了湖的环面群山连绵外，湖中还有大小岛屿六座，一个个如翠珠落盘，或浮于水上，或浅嵌湖中。换个角度，再看那岛，又若仙子凌波，轻舒彩袖，遥相起舞。美哉，古宇湖动静相宜，多维立起，一如国画大师笔下的凝重水墨。导游更是情中助兴，多出另一番描绘："金鹅江水东来，在回龙山前一分为二，依山环绕而过，从40米高悬岩绝壁上飞流直下，形成两排宽大的瀑布，洪水季节尤为壮观……"话若影像，撩人翩翩。

这就是古宇湖？是的，这就是古宇湖，只三十多岁的湖龄，却于妩媚中泛着青涩，纯洁中透着成熟。遥想当年，这里山高林密，从龙市到隆昌，一条深沟在山间蜿蜒，香烟缭绕在沟沟壑壑，古宇寺的暮鼓晨钟于山间起起伏伏。多少南来北往的香客，多少匆匆而过的商人，蹒跚在这千年古道，几多轮回。而今，高峡起平湖，天降翡翠，世人瞩目。诗人说，这是一座怡情的氧吧；科学家说，地球又多了一个心肺；我认为，这是隆昌人投向世界的一只楚楚动人的明眸。

船行愈深，青山绿水愈加改变着我们的心性和容颜。当视线缠绵在湖面，我似是觉得古宇湖有神灵隐匿。否则，偌大的一面湖为何幽幽冥冥，摄人魂魄？沉沉的湖床为何静水深流，秘不可测？还有，那浮动的绿岛似多维动漫。那氤氲的湖光忽隐忽现缘何而来？那成群的水鸟惊起惊落受了谁的驱赶？动于静中穿梭，虚在实中演绎，这身临其境的感悟怎的也不能使我明明白白，反而让我对古宇湖愈加地意乱情迷。

莫不是尘封了三十多年的古宇庙又在湖底敲响了晨钟，燃起了香火？我凝视着鸟，从一只两只，从一群到两群，以至于视线渔网般地撒向湖的一面。我似是也成了一只鸟，倾听微澜絮语，阅览浅鱼逐流，展翅于浮云幻影之外，把绿水清波含笑入怀，去窥探湖水深处的隐秘，去领略湖底世界另一番风景。经年之后，千年古道是否崎岖依旧？古宇庙的神殿是否肃穆依然？人工筑湖

的劳动交响是否还荡漾在百里深涧？

　　弃船登岛，感悟一下水上陆地的幽静。岛叫什么名字，似乎没什么人在意，因为这岛亦像一艘大船，四面环水，给人以浮浮沉沉的感觉。岛上多树，更多鸟。一群群白鹭，或徜徉岸边沙滩，或立于水上礁石。有鸳鸯戏于水上，交颈缠绵，教人好想读诗："鸳鸯于飞，毕之罗之；君子万年，福禄宜之。"鸬鹚则轻轻点水，落在湖边，扬起长喙……我寻思，益鸟喜栖于此，应该是古宇湖天然的生态环境所引；我揣摩，倘若没有这片湖水，这些鸟儿将翅展何处？繁衍于哪里？

　　古宇湖应该是湖，虽然破茧成蝶晚了些，但初嫁于世，便成惊鸿一瞥。幸好古宇湖成了湖，否则，这世界将会多一件遗憾，少一页秀美。古宇湖把一段历史埋在湖底，被唤起的却是一种珍贵记忆的重逢之感，让人感悟一种回归生命的使然。

　　古宇湖是真正的湖。

因水而至

　　去玉溪抚仙湖的人，多半是因羡那里的水。许多关于湖的风景名胜，纯粹的水景观已退其次，周边不断衍生的其他景物渐成观赏的主元素。比如说西湖，就有苏堤、雷峰塔、南屏晚钟之类，稍远还有灵隐寺等。瘦西湖也是，周边有许多的园林，这些园林借湖光山色营造和渲染着亭台楼阁，十里长湖犹如一幅市井画卷，早有"园林之盛，甲于天下"的盛名。抚仙湖旁边早先也有一座城池，或许也有一些风景，但几千年前已沉于水底，现在四周不是树堤就是沙滩，有着极好的生态环境。因此，诗人们形

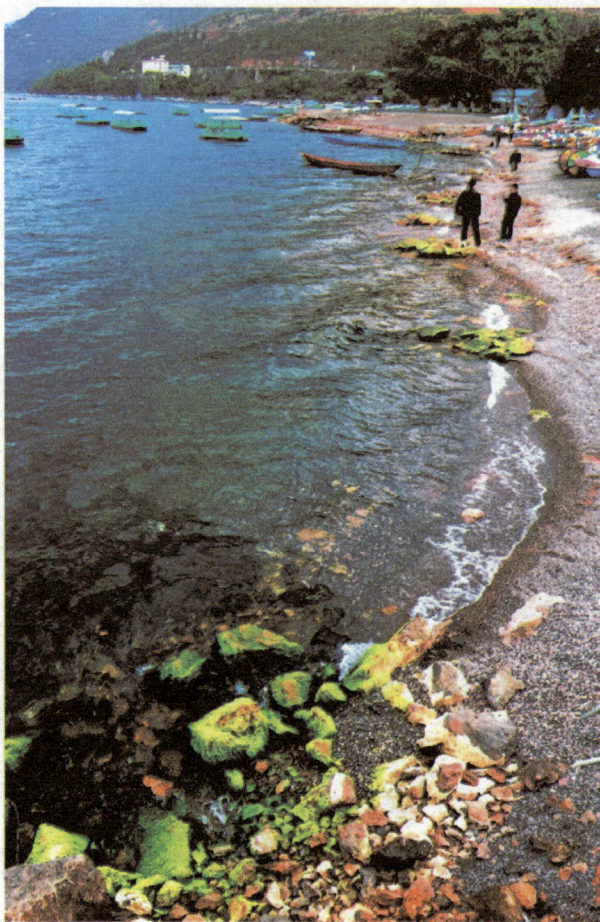

容为"琉璃万顷"。

抚仙湖的水清澈、干净，可比琼浆玉液。著名作家张笑天说："你在什么地方可以放心地掬一捧湖水喝下去呢？抚仙湖就可以，我用水瓢舀了一瓢，痛快一饮。"可惜他不晓得这抚仙湖的形状就是一个大大的葫芦，何必要舀呢？端起来畅饮便是了。当然，抚仙湖的水再甘醇，作家也是不可能一饮而尽的，因为，抚仙湖是我国境内最深的淡水湖，容水量近 200 亿立方米。而且水源不断，取之不竭。

如此神奇秀美的水，自是吸引着八方游客，历代名人雅士，因水而至，接踵而来。

徐霞客来了。这位我国古代著名的科学家、地理学家和文学家，30 余年矢志不渝地从事旅游考察，足迹遍及大半个中国，在其生命的最后一站，慕名来到抚仙湖。他在《滇游日记》中写道："滇山惟多土，故多壅流成海，而流多浑浊，惟抚仙湖最清。"

　　徐霞客是位科学态度极其严谨的人，他能给抚仙湖如此高的评价，自是有着充分道理的。其实，这时候的徐霞客已身虚体弱，积劳成疾，然却不吝惜脚步，纵深几十里，给抚仙湖清澈之水寻出科学依据。可以想象，暮色之中，徐霞客站在笔架山上，亲眼所见群山之脉的溪水，首先汇入星云湖，沉淀后再经过长长的海门河，最终流入抚仙湖，很是惊叹，如此一路的过滤，抚仙湖的水自是清澈了。亦可以想象，徐霞客泛舟湖中，面对绸缎一般轻轻揉动的湖面，倾听碎波轻吟，俯瞰游鱼翔底，心若水洗般明净，似是要把几十年的旅途疲惫在此终结，把自己最神圣的一笔凝聚在这湖水里。

　　或许就是因了抚仙湖的水，自滇之后，徐霞客就再没去其他地方旅游考察了，《滇游日记》成了他生命的绝笔。我揣想，抚仙湖的水之所以一直长清不浊，或许正是为了对徐霞客永恒的纪念。

　　杨慎来了。这位写过《三国演义》开篇词的作者，是明代三大才子之一，翰林院修撰，12岁即写成《古战场文》，可谓众人皆惊。因一时官运不济，便跑到抚仙湖消遣散心。

　　抚仙湖有甚好？当是为了欣赏抚仙湖的水。"通海江川湖水清，与君连日镜中行。"水清似镜，杨慎羡慕不已。杨慎是四川人，似是没见过这么清澈的水，虽有"滚滚长江"，可酿酒也"浊"，朋友"喜相逢"也不得不饮。

　　杨慎是个性情耿直的人，有一说一，绝不媚俗，以他在官场30余年的资历，最终未能权贵一方实乃本性所致。何况他还是官宦之家，其父杨廷和是明朝的三朝元老，位居内阁首辅。但杨慎仗义执言的本性来抚仙湖依旧不改。他说："澄江色似碧醍醐，

201

万顷烟波际绿芜。只少楼台相掩映，天然图画胜西湖。"贬一方褒一方，亦不怕招来非议。依杨慎所说，抚仙湖的楼台亭阁不及西湖，但仅就水的天生丽质，却是西湖不能比的。

李应绶也来了。这位清代的河阳名士按说是没有时间游山玩水的，他当时正在修撰《澄江府志》。这是一桩浩大的文字工程，总计 16 卷，而且时间很短，成稿在即，上部催促不已。但是，李应绶硬是忙里偷闲，贸然私自游览抚仙湖来了。

当然，他也不敢光天化日之下辞工而去，他选了一个夜间，正是抚仙湖水清月静的时候。"凭虚不用乘槎想，时泛仙舟到海瀛。"湖水到了这时辰，恰是最清澈，最明亮。凭着李应绶的身份，早有老友倚岛守候，期待一游尽兴。这抚仙湖虽水域辽阔，唯有孤山一岛镶嵌其中，因羡其湖中之水，自明朝开始，便有许多名人学士在此兴建殿阁。因此，孤山亦成了"迁人骚客停留者不可胜纪"的地方。

伫立孤山小岛，李应绶的眼睛也亮了。正值皓月当空，抚仙湖水涵轮满，银光千里，一轮明月倒映其中，月光就随了盈盈水波荡漾开来，扩散成万千跳跃的音符。这位不是很擅长写诗的职业官吏，居然诗兴大发，写出了如此美妙的佳句："万顷平湖一鉴清，谁教皓魄涌波明。光摇碧落通银汉，影荡秋风动石鲸。"多少年后，李应绶依旧念念不忘地对友人说，抚仙湖的水太美了！

当代作家贾平凹来了。

贾平凹似乎为鱼而来，因为他写了一篇《抚仙湖里的鱼》的散文。

贾平凹是著名的作家，亦是著名的美食家。我看过他的一篇文章，说中国的许多名点造型都有出处，比如说，饺子的形状就源于身上的某个器官。如此大胆说话而且在饮食方面颇有造诣的人，来抚仙湖真的就为一尾鱼吗？

　　然而，通读全篇我们便有所悟。文章的开头就说："如此近地坐在海边，看海水摇曳出一片一片光波，如无数的刀在飞舞，而刹那间恍惚，整个海面陡然翘起，似乎要颠覆过来，这还是平生第一次。"

　　作者所说的海就是抚仙湖。贾平凹是陕西人，因为过惯了缺水的日子，把抚仙湖叫作海情有可原。头一次来到抚仙湖，他很是诧异："海是这么的蓝！原以为水清无色，清得太过分了竟这般蓝，映得榕树也苍色深了一层。"

　　这哪是在写鱼啊，分明是在写水！再读，我们的确感悟到作家是以鱼说水。"人污染了自己生存的地方，又以旅游的名义，到处去污染了。我一到云南听说这里环境优美，驱车就来了……"这再后，作家就直说了，他是担心抚仙湖这么好的水会不会被污染？

　　因水而至，因水而虑，这是一个作家的社会责任感。不过，或许用不着顾虑，因为有肖、石二位天神看守着，抚仙湖的水怕是不会被污染的。

　　这肖、石二仙也是为抚仙湖的水而来。相传，玉皇大帝一日远眺人间，忽然发现一颗状如葫芦的明珠镶嵌在云雾缭绕的群山之中，湛蓝明净，波光粼粼，美丽至极，甚喜，遂命肖、石二仙立即下凡，取回天宫。

　　肖、石二仙急忙腾云驾雾，飘落到云之南。走近一看，原是一处烟波浩渺的湖泊，其水柔和妩媚，似一位袒胸露怀的少女。无风时，清澈如镜，起浪时，碎玉满盘，美妙至极，从未见过，此水竟然天上无！肖、石二仙意乱情迷，流连忘返，竟然日复一日，年复一年，最终幻化成两座石峰……

　　传说是美丽的，但更美丽的还是抚仙湖的水。千百年来，抚仙湖常清不浊，是大自然的恩赐，是这里人民的精心呵护。尤其是在现代工业日益发达和城市化进程不断推进的今天，抚仙湖不被污染，而且水更清，湖更秀，是玉溪生态立市的杰出之作。尽管徐霞客、杨慎、李应绶等名人雅士的脚步渐行渐远，但会有更多的人慕名而来。